ÉTONNANTS • CLASSIQUES

FOUAD LAROUI

L'Oued et le Consul
et autres nouvelles

Présentation, notes, chronologie et dossier par
LAURE HUMEAU-SERMAGE,
professeur de lettres

GF Flammarion

Dans la même collection

CARRIÈRE (Jean-Claude), *La Controverse de Valladolid*
CHEDID (Andrée), *L'Enfant des manèges et autres nouvelles*
CLAUDEL (Philippe), *Les Confidents et autres nouvelles*
FERNEY (Alice), *Grâce et dénuement*
GRUMBERG (Jean-Claude), *L'Atelier*
HOLDER (Éric), *Mademoiselle Chambon*
ROMAINS (Jules), *L'Enfant de bonne volonté*
SAUMONT (Annie), *Aldo, mon ami et autres nouvelles*
   La guerre est déclarée et autres nouvelles
TROYAT (Henri), *Aliocha*
   Viou

© Julliard pour les nouvelles.
© Éditions Flammarion, 2006,
pour la présentation, les notes et le dossier.
ISBN : 978-2-0807-2239-3
ISSN : 1269-8822

SOMMAIRE

■ Présentation 5
Fouad Laroui et la littérature marocaine   5
Contes et nouvelles   8
Le Maroc au cœur des récits   10
Du rire aux larmes   14
Une réflexion sur l'altérité   15

■ Chronologie 19

L'Oued et le Consul
et autres nouvelles

L'Oued et le Consul   27
Nos pendus ne sont pas les leurs   32
Une botte de menthe   40
Le Tyran et le Poète   43
Tu n'as rien compris à Hassan II   52
Khadija aux cheveux noirs   58
Stridences et Ululations   63
Un peu de terre marocaine   68
Jay ou l'invention de Dieu   80
Des yeux pour ne plus voir   89

■ Dossier 99

Avez-vous bien lu ? 101
Microlectures 103
Écrire, lire, publier 105
À vos plumes ! 122

PRÉSENTATION

Fouad Laroui et la littérature marocaine

Fouad Laroui naît en 1958 au nord du Maroc, à Oujda[1], dans une famille d'origine modeste. Il suit toute sa scolarité au sein de la Mission universitaire française[2] grâce à une bourse. Il effectue ensuite de brillantes études d'ingénieur à l'École nationale des ponts et chaussées à Paris, avant de revenir au Maroc pour diriger l'usine de phosphates[3] de Khourigba, au sud-est de Casablanca. Mais son envie de voyager et de connaître le monde l'incite à quitter son poste. Il reprend des études d'économétrie[4] puis se consacre à la recherche et à l'enseignement, à Paris, Bruxelles, Cambridge et York. Il vit aujourd'hui à Amsterdam.

Si Fouad Laroui a « toujours écrit ou plutôt griffonné[5] » des poèmes et des textes brefs, c'est seulement en 1996 que commence sa carrière littéraire. Julliard, une maison d'édition parisienne, décide cette année-là de publier son premier roman, *Les Dents du topographe*. Ce récit, qui « [a] pour thème l'identité », reçoit le prix Découverte Albert-Camus. Suivent deux autres textes : *De quel amour blessé*[6], en 1998, qui « parle de tolérance », et *Méfiez-vous des parachutistes*, un an plus tard, qui « parle de l'individu » au

---

1. *Oujda* : ville située au nord-est du Maroc, à proximité de la frontière algérienne.
2. *Mission universitaire française* : ensemble des établissements français à l'étranger.
3. *Phosphates* : sorte de minerais dont le Maroc est un des premiers producteurs mondiaux.
4. *Économétrie* : application de méthodes mathématiques et statistiques à l'étude et à la représentation de phénomènes économiques.
5. Fouad Laroui, « Le Maroc comme fiction », *Le Magazine littéraire*, supplément « Écrivains du Maroc », n° 375, avril 1999, p. 106 ; voir aussi dossier, p. 105.
6. Prix Beur FM et prix Méditerranée des lycées.

Maroc[1]. En 2003, paraît un quatrième roman, *La Fin tragique de Philomène Tralala*, satire du milieu littéraire. Les talents de Fouad Laroui sont multiples : romancier, il est aussi journaliste, chroniqueur et critique dans l'hebdomadaire *Jeune Afrique/ L'Intelligent*[2] – pour « partager [ses] enthousiasmes et [ses] colères[3] » –, et nouvelliste – en 2001 et 2004 paraissent deux recueils de récits brefs : *Le Maboul (sur rendez-vous)* et *Tu n'as rien compris à Hassan II*[4], desquels sont extraites les nouvelles du présent volume.

Fouad Laroui écrit en français. Dans ses récits, la parfaite maîtrise de la langue et l'abondance des références culturelles qui y sont liées mettent en évidence l'influence considérable qu'ont eue sur l'auteur ses années de formation au lycée français de Casablanca. Mais sa terre natale et les vingt premières années qu'il y a passées sont au cœur de ses récits. L'auteur y insère des souvenirs personnels, nourrit la fiction d'éléments autobiographiques. Le narrateur de « Khadija aux cheveux noirs » « penché sur [ses] Lagarde et Michard » (p. 58) et celui de « Jay ou l'invention de Dieu », jeune Marocain musulman qui forme avec Dédé Fetter le Français et Shmuel Afota le Marocain israélite une « triplette d'élite » (p. 81), ressemblent à Fouad Laroui interne au lycée Lyautey. Dans « Une botte de menthe », l'auteur évoque aussi la disparition mystérieuse de son père postier, en 1969, dans un Maroc où règne la terreur policière[5] : Fouad Laroui avait seulement onze ans – « Et si je dis la mort, je mens encore, je m'avance imprudent. Disparition ne vaut pas mort, même si c'est pire. Du mien les pas s'en allèrent un jour, le petit garçon en fut témoin » (p. 40). Dans « Tu n'as rien compris à Hassan II » et dans « Nos pendus ne sont pas les leurs », les nar-

---

1. Fouad Laroui, « Le Maroc comme fiction », art. cit.
2. *Jeune Afrique/L'Intelligent* : journal hebdomadaire qui s'intéresse tout particulièrement à l'actualité du continent africain.
3. Fouad Laroui, « Le Maroc comme fiction », art. cit.
4. Grand prix de la nouvelle de la Société des gens de lettres (SGDL).
5. Dans un article du *Monde des livres* du 12 mars 2004, Fouad Laroui évoque ainsi cet épisode douloureux : « Je suis la dernière personne à l'avoir vu. C'était le 17 avril 1969. Il est sorti de la maison pour aller acheter le journal, et nous ne l'avons plus revu. Je n'en ai jamais parlé à personne, puis, quand j'ai commencé à écrire, certains de mes personnages disparaissaient. »

rateurs, Marocains exilés à Paris et dans la province anglaise du Yorkshire, sont les doubles de l'auteur partagé entre le Maroc et l'Occident. De même, la comparaison entre la culture maghrébine et la culture occidentale, qui se dessine dans « Nos pendus ne sont pas les leurs », dans « L'Oued et le Consul » et dans « Khadija aux cheveux noirs », témoigne du va-et-vient permanent de Fouad Laroui entre les deux cultures, entre son pays natal et l'Europe du Nord où il vit et travaille.

Fouad Laroui occupe une place de choix dans le paysage de la littérature maghrébine francophone, auprès d'auteurs comme Tahar Ben Jelloun, Abdellatif Laâbi, Driss Chraïbi, Rachid O.[1], qui manifestent la vivacité des lettres marocaines et rencontrent un large public en France. L'histoire de cette littérature commence dès la fin du XIXe siècle et au début du XXe siècle : le Maroc s'ouvre alors à l'Europe[2], inspirant une littérature de voyageurs et d'écrivains désireux de découvrir et de faire partager la culture de ce pays. Fascinés par le Maroc, des auteurs comme Pierre Loti et Maurice Le Glay[3] transcrivent les expériences qu'ils ont vécues au contact de la société marocaine. Cet engouement incite des écrivains marocains à présenter le regard qu'ils portent sur leur propre société à un public français. On peut citer l'œuvre d'Abdelkader Chatt – *Mosaïques ternies* (1932) –, celles d'Ahmed Sefrioui – *Le Chapelet d'ambre* (1949), *La Boîte à merveilles* (1954) –, ou encore celle de Driss Chraïbi – *Le Passé simple* (1955). Dans les années 1960 et 1970, la vie littéraire marocaine est portée par les revues

---

1. *Tahar Ben Jelloun* : universitaire, poète, romancier et essayiste marocain né en 1944, à Fès ; en 1987, il reçoit le prix Goncourt pour son roman *La Nuit sacrée*. *Driss Chraïbi* : romancier marocain né en 1926, auteur, outre *Le Passé simple* des *Boucs* (1956) et de *L'Âne* (1958). *Rachid O.* : écrivain marocain né en 1979, auteur de deux recueils de nouvelles autobiographiques publiés en France en 1995 et 1996, *L'Enfant ébloui* et *Plusieurs Vies*.
2. Un décret de 1864 ouvre le Maroc au commerce étranger : la présence européenne ne fera que s'y renforcer jusqu'en 1912, date de l'instauration du protectorat français sur le pays (voir chronologie, p. 20).
3. *Pierre Loti* et *Maurice Le Glay*, auteurs respectivement de « Les trois dames de la Kasbah » et « Itto, mère de Mohand », nouvelles recueillies dans *Un siècle de nouvelles Franco-Maghrébines*, Minerve, 1992.

Eaux-vives (1965), *Souffles* (1966-1971) et *Intégral* (1971-1978) diffusées dans le pays. Abdellatif Laâbi, qui dirige *Souffles*, guide de jeunes écrivains vers une littérature militante qui combat le conformisme[1] social et politique. Les années 1980 et 1990 voient apparaître une littérature plus personnelle, comme celle de Tahar Ben Jelloun – dont l'œuvre[2] traite du déracinement, de la double culture et dénonce toutes les formes d'oppression –, ou celle de Fouad Laroui. Parce que les langues usuelles (variantes régionales d'arabe parlé et de berbère) sont des langues orales, la littérature marocaine recourt, aujourd'hui encore, à l'arabe classique et surtout au français. Comme le précise Fouad Laroui, « l'utilisation du français et le fait d'être publié à Paris [donnent] une grande liberté d'expression[3] ».

Contes et nouvelles

Les textes du présent volume sont des récits courts, qui appartiennent au genre de la nouvelle ou du conte. La notion de brièveté qui définit ces formes littéraires est fluctuante : de quelques lignes, quelques pages (« Une botte de menthe »), à une ou plusieurs dizaines de pages (« Un peu de terre marocaine »). Mais la densité est une caractéristique commune des textes brefs. Le nombre des personnages est limité, l'espace et le temps souvent resserrés, la narration ramassée. Ainsi, dans « Tu n'as rien compris à Hassan II », seuls deux personnages, le narrateur et Hamid, prennent place dans le « petit café de Montmartre, douillet et enfumé » de l'histoire. Le texte « L'Oued et le Consul » évoque quant à lui la courte rencontre, au bord d'un oued, d'un couple de Finlandais et de trois Berbères.

---

1. *Conformisme* : conservatisme, traditionalisme.
2. *L'Écrivain public* (1983), *Jour de silence à Tanger* (1990), *La Nuit sacrée* (1987, prix Goncourt), *Cette aveuglante absence de lumière* (2000), *Partir* (2006).
3. Fouad Laroui, « Le Maroc comme fiction », art. cit. ; voir aussi dossier, p. 105.

Dans la nouvelle, la narration se concentre souvent sur un moment singulier de l'existence des personnages ou sur un fait précis. Le récit peut relater un épisode de crise (la disparition d'un père dans « Une botte de menthe »), être le lieu d'une révélation (la mort d'une ancienne camarade de classe dans « Khadija aux cheveux noirs »), donner à lire une prise de conscience (la solitude comme fléau occidental et la promiscuité, sorte de poison au Maghreb, dans « Nos pendus ne sont pas les leurs ») ou encore rapporter une anecdote (l'invention d'un dieu dans la nouvelle du même nom ou la recherche d'« Un peu de terre marocaine »).

Fouad Laroui se définit comme un « nouvelliste qui écrit des romans » et justifie ainsi son goût pour la forme brève : « Ma première vision de la vie est une espèce de chaos. Elle se présente pour moi comme une suite de saynètes [1], d'imprévus, d'incidents... C'est ce que j'aime raconter plutôt que de prétendre à un plan où l'on suit un personnage pendant vingt ans [2]. » Selon Denise Brahimi, la forme brève semble aussi convenir à la description du Maghreb et du Maroc en particulier, dont la diversité sociale et culturelle est difficile à saisir ou à exprimer : mieux qu'un roman au « long fleuve tranquille », les nouvelles et les contes permettent d'en appréhender la richesse [3].

Parmi les récits brefs de Fouad Laroui, on peut distinguer ceux qui relèvent du conte et ceux qui s'apparentent à la nouvelle. Alors que les nouvelles telles « L'Oued et le Consul » et « Un peu de terre marocaine » ne présentent pas de narrateur interne à l'histoire, témoin ou confident, les contes inscrivent en leur sein un personnage en train de dire son histoire à un ou plusieurs auditeurs. C'est le cas dans « Une botte de menthe » où le narrateur rapporte le récit de Moha qui raconte la disparition mystérieuse de son père. De même, dans « Des yeux pour ne plus voir », Nagib, installé au Café de l'Univers, se met soudain à raconter : « Du temps que je vivais à Tanger, il y avait là, dans les rues, une espèce de clochard qu'on appelait

---

1. *Saynètes* : petites pièces en une seule scène, souvent comiques.
2. Ces deux citations de Fouad Laroui sont extraites du *Monde des livres*, art. cit.
3. Denise Brahimi, préface de *Un siècle de nouvelles maghrébines*, Minerve, 1992.

Htipana » (p. 89). Le décor du café – que l'on retrouve dans « Tu n'as rien compris à Hassan II » et dans « Une botte de menthe » – est propice au récit débité oralement. Et les interventions, les interruptions, les commentaires ou les questions des auditeurs confèrent au texte une grande vivacité : le lecteur se retrouve destinataire au même titre que les autres interlocuteurs fictifs.

Par ailleurs, contrairement à la nouvelle, qui est le plus souvent d'inspiration réaliste, le conte s'écarte de la représentation du réel pour tendre vers le merveilleux ou la réflexion philosophique. Si « Tu n'as rien compris à Hassan II » s'inscrit dans un contexte historique, donc réel, « Le Tyran et le Poète » prend place dans un univers fictif. L'absence d'ancrage temporel, les noms imaginaires donnés aux pays comme au tyran apparentent le récit au conte. Cependant, le lecteur avisé fait le rapprochement avec l'histoire politique du Maroc. Il s'agit alors d'un conte philosophique : le récit est au service d'une idée, d'une réflexion critique, souvent en matière de religion, de politique ou de morale. On peut considérer « L'Oued et le Consul », « Des yeux pour ne plus voir » et « Le Tyran et le Poète » comme des sortes de fables qui disent l'arrogance et la bêtise occidentales, mais aussi la noirceur des hommes et la cruauté des tyrans.

Le Maroc au cœur des récits

Les nouvelles et les contes de Fouad Laroui sont une invitation au voyage et à la découverte du Maroc. L'écrivain est fin observateur : la connaissance qu'il a d'autres pays et d'autres mœurs donne une grande lucidité à son regard.

Tout le Maroc est dans ses nouvelles : les oueds, le désert et l'« immensité poussiéreuse à perte de vue » (p. 29), le « soleil de feu » (p. 27), les plages de Casablanca ou d'El-Jadida, les villes de Tanger et de Oujda – ennemies du silence, « Empire[s] du Sifflet » (p. 63) qui jamais ne se reposent... Il y a surtout Casablanca, Casa pour les intimes, avec son lycée français – décor de « Khadija aux cheveux noirs » et de « Jay ou l'invention de Dieu » –, son cinéma, L'Arc – où l'écran projette des images de la jeune Catherine Deneuve –, sa colline d'Anfa – où l'opulence règne –, et la « cacophonie fantastique » (p. 64) de sa circulation désordonnée.

Fouad Laroui peint aussi la vie marocaine. Comme à Montmartre – dans « Tu n'as rien compris à Hassan II » –, le café est un lieu de grande convivialité. Décor dans « Une botte de menthe » et dans « Des yeux pour ne plus voir », il est le lieu où la parole se libère, où les souvenirs surgissent, où l'on philosophe, où l'on joue aux dames et où l'on regarde la télévision. Parfois, c'est la boutique du tailleur qui se substitue au café : s'y retrouvent des « oisifs qui d'habitude [regardent] le tailleur coudre des djellabas » (p. 36) pour raconter et commenter la vie du voisinage. Mais la convivialité se confond quelquefois avec une promiscuité étouffante. L'accueil et la générosité coutumiers – symbolisés par une porte toujours ouverte – rendent impossible une solitude salvatrice. C'est ce qui tue Douhou dont l'histoire est racontée dans « Nos pendus ne sont pas les leurs » : « [...] on ne l'entendait jamais, dans le vacarme. Dix enfants qui braillaient toute la sainte journée, une femme acariâtre, et ses parents qui occupaient un coin de la maison et ne se privaient pas de vouloir encore tout régenter. [...] La moitié de la rue, c'était sa famille et les autres, c'était tout comme. On rentrait chez lui pour un oui, pour un non et même pour rien du tout, juste pour le plaisir de franchir un seuil » (p. 38-39).

Fouad Laroui n'a pas un regard complaisant sur son pays natal : au contraire, il est souvent critique. Ainsi, il n'élude pas la pauvreté, incarnée par un vieux Berbère « édenté » dans « L'Oued et le Consul », ou par le personnage de Htipana, héros « Des yeux pour ne plus voir » : « [...] c'était vraiment un pauvre hère [...] : il n'avait même pas de chemise sur le dos. Il traînait dans les cafés, on lui faisait l'aumône d'un bout de sandwich dévoré des fourmis. Il buvait les fonds de verre » (p. 90) ; « Ce type n'avait rien sur lui, à part son pantalon gorgé de mazout. [...] [Et des] lunettes...

Disons deux culs-de-lampe effroyables reliés par du fil de fer, reposant sur l'oreille à l'aide d'une petite cuillère, d'un côté, et de l'autre, à l'aide d'un élastique » (p. 93). Au Maroc, comme ailleurs, la misère côtoie la plus grande richesse. Dans « Un peu de terre marocaine », le récit de la quête du fonctionnaire est prétexte à dire la diversité sociale du pays et son inégalité : il y a le monde des paysans – qui circulent encore en carriole ou à dos de mule et dont les terres sont peu à peu confisquées –, celui des exclus qui vivent à la périphérie des villes, en autarcie dans des cabanes miséreuses, et celui des riches dont les villas sont gardées par des bergers allemands...

Le regard critique de Fouad Laroui se pose aussi sur la situation des femmes, dont il dénonce la privation arbitraire de liberté à travers l'histoire de Khadija : « Khadija fumait cigarette sur cigarette et regardait la pluie tomber (ou le soleil luire) à travers les vitres, car son mari ne la laissait plus sortir. Son mari allait jouer aux cartes avec les hommes, après l'avoir enfermée ; ou peut-être avait-il une autre femme ; ou peut-être allait-il s'enivrer dans les bars de la Corniche. Son mari n'était son mari qu'officiellement, dans les parchemins, dans les chroniques sans cœur » (p. 60). L'auteur traduit dans la fiction littéraire la réflexion critique qui agite le Maroc sur la place de la femme dans la société[1]. Ce sont toutes les femmes dont le statut est bafoué qui sont incarnées dans la figure féminine en pleurs de « Tu n'as rien compris à Hassan II » : « [...] cette femme me dit quelque chose – je ne sais pas quoi – peut-être me parle-t-elle d'elle-même, peut-être me parle-t-elle de la moitié du monde, si souvent méprisée, oppressée » (p. 57).

L'auteur s'intéresse aussi à la politique. Le conte « Le Tyran et le Poète » est une condamnation des petits et grands despotes, de tous les « Cogneur Massacre-Tue-Tue-Tue » – surnom grotesque donné au tyran – au pouvoir

---

1. Cette réflexion a abouti en janvier 2004 à l'adoption d'un nouveau code de la famille. La nouvelle *moudawana*, code du statut personnel, soustrait la femme marocaine à la tutelle du père ou du frère et à la polygamie, lui confère la liberté de choisir son époux et de demander le divorce sans perdre la garde de ses enfants, désormais placés sous la coresponsabilité des conjoints. Voir aussi chronologie, p. 23.

abusif et à la cruauté sanguinaire. Mais c'est surtout la situation politique du Maroc qui est évoquée dans les nouvelles. Dans « Tu n'as rien compris à Hassan II », Hamid fait une sorte de plaidoyer du règne du père de Mohammed VI. Mais qu'on ne s'y trompe pas : les allusions aux luttes, aux complots, aux condamnations à mort, aux années d'exil, aux prisons où les détenus croupissent, et l'évocation discrète de ministres cruels et zélés forment un tableau accablant du climat de peur et de violence qui régnait au Maroc quand Hassan II était au pouvoir. Et lorsque Hamid déclare « Hassan II restera dans l'histoire du Maroc comme l'un des grands rois » (p. 57), il témoigne sans doute de l'aveuglement des masses, soumises à leur roi, convaincues par l'idée que le père de la Constitution marocaine est aussi le fondateur de la démocratie.

Enfin, la police n'est pas épargnée par les nouvelles. Dans « Un peu de terre marocaine », lorsque « deux vilains gendarmes [...] moustachus, tressaillants, nerveux » surgissent d'une « Jeep de couleur kaki » pour embarquer le fonctionnaire zélé, on sait que « ce n'est pas de bon augure » (p. 72). De même, dans « Nos pendus ne sont pas les leurs », l'auteur décrit la méfiance et la peur qui entourent l'arrivée brutale des policiers pour constater le décès de Douhou : « [...] la police arriva, et les enfants s'envolèrent, saisis d'effroi. Quelques bourrades, quelques gifles dans la masse d'hommes frayèrent un chemin à la Sûreté nationale » (p. 35). La police est aussi l'instrument de lutte et de répression menées par le pouvoir contre l'opposition, qui fait d'innocentes victimes et détruit la jeunesse. C'est ce que dit à demi-mot la nouvelle « Une botte de menthe », qui évoque la disparition d'un père enlevé par une police de « la pire espèce : la secrète, la grise, l'élusive » (p. 41).

Fouad Laroui n'a pas son pareil pour dépeindre les maux d'une société rongée par la misogynie, l'arbitraire, la violence et l'injustice...

Du rire aux larmes

Fouad Laroui ressemble à Figaro qui s'exclame à l'acte I, scène II du *Barbier de Séville* : « Je me presse de rire de tout, de peur d'être obligé d'en pleurer. »

L'écrivain, qui aborde dans ses nouvelles des sujets graves – la souffrance, la violence, l'exil, la mort –, donne un ton souvent léger à ses récits. Il sait user de toutes les formes du comique et excelle dans les portraits, qui, par leur exagération, sont de véritables caricatures[1] : dans « L'Oued et le Consul », il y a celui des Occidentaux pleins d'arrogance qui s'élancent « sur les routes, elle, la belle dame à l'écharpe, Isadora réincarnée, lui, l'aventurier au long cours, l'intraitable des Traités » (p. 27) ; dans « Le Tyran et le Poète », il y a celui du despote cruel qui se prend pour un génie de la poésie et griffonne ses œuvres – c'est-à-dire deux mots – sur du papier hygiénique, celui du poète de cour, plein de peur et de flagornerie[2], qui s'agenouille pour saluer son souverain et qui « saisit la main que l'Homme lui [tend] et la [baise], la couvrant de larmes, et de morve, demandant grâce à tout hasard » (p. 45), « [faisant] pipi dans son *seroual* » (p. 47), celui encore des courtisans « eunuques-du-haut, [...] qui [ont] subi l'ablation du cerveau pour mieux [...] servir [leur maître] » (p. 47) ! Les situations cocasses et les péripéties extravagantes suscitent elles aussi le rire, comme en témoigne la nouvelle « Un peu de terre marocaine », qui retrace le périple d'un jeune fonctionnaire en quête d'une motte de terre marocaine pour un diplomate qui partira sans attendre qu'il revienne !

L'humour est souvent au service de la critique : la satire et le sarcasme[3] ne sont jamais loin. Fouad Laroui égratigne joyeusement les feuilletons sentimentaux, les *tele novelas* qui se résument à quelques questions profondes – « Qui épouse qui ? Qui quitte qui ? Qui tue qui ? » – et qui ne

---

1. *Caricature* : description ou portrait comique et/ ou satirique par l'accentuation de certains traits, ridicules ou déplaisants.
2. *Flagornerie* : flatterie grossière, servile et basse.
3. La *satire* est une critique moqueuse ; le *sarcasme* est une moquerie insultante.

sont que des « mexicâneries » (p. 94), autrement dit des bêtises servies au continent sud-américain ! Il s'en prend à la presse anglaise qui consacre ses unes à l'essentiel : les « frasques d'un sportif prognathe et de sa femme anorexique » (p. 37)...

Le comique permet de mieux critiquer mais il sert aussi à désamorcer la gravité des situations et à masquer les douleurs. Dans la nouvelle « Une botte de menthe », le récit qui évoque la disparition d'un père parti acheter une botte de menthe et revenu six ans après comme si rien ne s'était passé est ponctué de commentaires qui suscitent le sourire : « Record mondial de lenteur. – Planta lui-même la menthe et attendit ? » (p. 41). De même, dans le conte « Le Tyran et le Poète », le poète impuissant ayant fui son pays – comme de nombreux intellectuels marocains forcés à l'exil – conclut lui-même l'aventure : « Vous savez pourquoi je suis là, à claquer des dents dans ce froid pays, à manger des cochonnailles et à boire de l'eau nitrée ? C'est parce que je n'ai pas pu trouver de rime à Kalachnikov... » (p. 51).

Une réflexion sur l'altérité

Quand on interroge Fouad Laroui sur la conception qu'il a de l'écriture et sur son rôle d'écrivain, il affirme sa position d'auteur engagé : « J'écris pour dénoncer des situations qui me choquent. Pour dénicher la bêtise sous toutes ses formes. La méchanceté, la cruauté, le fanatisme, la sottise me révulsent. [...] Identité, tolérance, respect de l'individu : voilà trois valeurs qui m'intéressent parce qu'elles sont malmenées ou mal comprises dans nos pays du Maghreb et peut-être aussi ailleurs en Afrique et dans les pays arabes[1]. »

---

1. « Le Maroc comme fiction », art. cit. ; voir aussi dossier, p. 105.

L'altérité – c'est-à-dire le caractère de ce qui est autre, de ce qu'on ressent comme autre – est un thème essentiel de l'écriture de Fouad Laroui. En témoigne la nouvelle « L'Oued et le Consul », qui met en évidence la méfiance engendrée par la bêtise et l'ignorance, l'intolérance née de l'incompréhension et de l'aveuglement. L'altérité mise à mal est aussi celle de la femme maghrébine réduite à néant par une tradition qui ne lui reconnaît aucune liberté, ou encore celle de la femme en pleurs de « Tu n'as rien compris à Hassan II ».

Dans la même perspective, Fouad Laroui s'interroge sur les notions d'identité et de singularité. Dans la nouvelle « Khadija aux cheveux noirs », le narrateur, sorte de double de l'auteur, personnage entre deux cultures, regrette de s'être conformé aux critères esthétiques du monde occidental et de ne pas avoir vu la splendide beauté berbère de sa jeune camarade ; la leçon finale est amère : « Pour moi, mon regret le plus vif fut d'avoir laissé à la cruauté des autres libre cours dans mon cœur. Parfois il m'est aussi arrivé de maudire Yseut la blonde d'avoir caché de ses cheveux d'or l'autre moitié du monde et toute sa diversité » (p. 62). Cette réflexion sur l'individu et sur son épanouissement dans la société se poursuit dans le récit « Nos pendus ne sont pas les leurs ». Le constat est douloureux : l'homme occidental meurt rongé par la solitude et l'homme maghrébin étouffé par une promiscuité qui nie l'individualité.

Pour appréhender l'autre, respecter sa singularité et son identité, un seul mot d'ordre : la tolérance. Dans la nouvelle « Jay ou l'invention de Dieu », le brassage culturel du lycée de Casablanca où se déroule l'intrigue s'accompagne de distinctions qui semblent absurdes aux trois jeunes protagonistes : « Un jour, comparant nos cartes d'inscription, ou quelque chose du genre, nous remarquâmes ces signes qui nous distinguaient les uns des autres : F, MI et MM. Consternés, nous nous reconnûmes respectivement Français, Marocain Israélite et Marocain Musulman » (p. 81). La création d'un Dieu est pour ces adolescents un moyen de dépasser les clivages et d'en montrer l'arbitraire ; c'est pour Fouad Laroui un prétexte à la satire des rites religieux et à la condamnation des fanatismes, ennemis de la tolérance. La nouvelle s'achève sur la célébration émue « du Dieu le plus inoffensif, le plus urbain, le moins sanguinaire qui se fût jamais abattu sur l'espèce humaine » (p. 88).

Ainsi, contrairement à Nagib qui, dans « Des yeux pour ne plus voir » disait de Htipana, « Qu'est-ce qu'il perd à ne plus voir [le monde] ? » (p. 97), Fouad Laroui nous ouvre les yeux sur le Maroc, en peignant ses beautés et ses drames, et nous incite à réfléchir à des valeurs trop souvent bafouées.

CHRONOLOGIE

1912 2005
1912 2005

■ **Petite histoire du Maroc au XXe siècle**

1912	30 mars : traité de Fès instaurant le protectorat français au Maroc sur la partie non espagnole[1].
1927	Mohammed V devient le sultan[2] du Maroc.
1929	9 juillet : naissance de Moulay Hassan, futur Hassan II, au palais de Rabat.
1943	Création de l'Istiqlāl («parti de l'indépendance», en arabe) qui lutte contre la présence française au Maroc et qui sera soutenu par le sultan Mohammed V.
1947	19 avril : discours de Tanger. Mohammed V revendique l'indépendance du Maroc.
1953	Troubles politiques : le gouvernement français encourage la rébellion du Glaoui, pacha[3] de Marrakech, contre le sultan. 20 août : déposition de Mohammed V, qui part en exil avec ses fils en Corse puis à Madagascar.
1955	20 août : soulèvement du Constantinois, en Algérie. Pour concentrer son action sur cette zone, la France «abandonne» le Maroc. 16 novembre : retour triomphal d'exil de Mohammed V. La voie vers la négociation de l'indépendance du pays est ouverte.
1956	2 mars : la France puis l'Espagne signent l'indépendance du Maroc sous la direction du sultan Mohammed V.
1957	Mohammed V devient roi du Maroc.
1959	Scission de l'Istiqlāl : la tendance de gauche, conduite par Mehdi Ben Barka, fonde un nouveau parti, l'UNFP (Union nationale des forces populaires).

---

1. Depuis 1864, date du décret qui avait ouvert le Maroc au commerce étranger, la Grande-Bretagne, l'Espagne et la France rivalisaient pour s'approprier le pays. En 1912, l'Espagne obtient le protectorat sur la région rifaine, avec Têtouan pour capitale.
2. *Sultan* : ici, équivalent de prince.
3. *Pacha* : titre du gouverneur d'une province.

1961	26 février : décès de Mohammed V. Mars : intronisation officielle de son fils aîné, Moulay Hassan, qui devient Hassan II.
1962	Première Constitution du Maroc, d'apparence démocratique (suffrage universel direct, parlementarisme, responsabilité du gouvernement devant le Parlement), mais qui, dans ses fondements, nie la séparation des pouvoirs. C'est le début de la « démocratie hassanienne ». Des accords de coopération financière, économique et technique sont signés avec la France.
1963	21 août : naissance du prince héritier Sidi Mohammed, futur Mohammed VI. Octobre : « Guerre des sables » entre le Maroc et l'Algérie indépendante (l'enjeu du conflit est la partie orientale du Sahara que la France a attribuée à l'Algérie). Défaite de l'Algérie à Tindouf.
1965	Mars 1965 : émeutes de Casablanca contre le pouvoir, sévèrement réprimées. Le roi proclame l'état d'exception : il prend en main tous les pouvoirs. 29 octobre : enlèvement et assassinat à Paris du dirigeant socialiste de l'opposition marocaine, Mehdi Ben Barka, tenu pour responsable des troubles qui ont mis en danger le trône.
1970	Juillet : nouvelle Constitution qui renforce les pouvoirs du roi aux dépens de ceux du Premier ministre et du Parlement.
1971	10 juillet : échec d'une tentative d'attentat militaire contre le roi au palais de Skhirat.
1972	Mars : tentative de conciliation avec les partis de l'opposition ; une troisième Constitution amorce un retour vers une monarchie parlementaire. 16 août : tentative d'attentat contre l'avion du souverain. Mohammed Oufkir, puissant ministre de la Défense, est tenu pour responsable : il est « suicidé » et toute sa famille est emprisonnée.

1975	6 novembre : le roi appelle à une «Marche verte», qui mobilise des centaines de milliers de volontaires pendant trois jours ; il entend ainsi récupérer, au nom de la lutte anticoloniale et antifranquiste[1], le Sahara-Occidental, alors possession espagnole. Début du conflit avec les indépendantistes sahraouis du Front Polisario (rassemblant une importante partie de la population autochtone), qui refusent cette mainmise. Ils sont soutenus par l'Algérie de Boumédiène, favorable à l'instauration d'un État sahraoui qui serait appelé à tomber sous son influence et qui lui offrirait ainsi une façade sur l'Atlantique. Une guerre très meurtrière et interminable s'engage (1975-1989).
1976–1977	Hassan II tente de prolonger le climat d'union nationale créé par l'élan de la «Marche verte» : levée de la censure, organisation d'élections générales et reconnaissance de l'Istiqlāl.
1978–1982	Difficultés financières du pays, saigné par un budget militaire toujours plus lourd, par la hausse du prix du pétrole et la baisse des revenus tirés des phosphates. La sécheresse catastrophique de 1981 aggrave la situation. Le 20 juin de la même année, de violentes émeutes à Casablanca liées à la hausse des produits de première nécessité sont sévèrement réprimées.
1983	Attentat à l'encontre du roi. Regain de tension intérieure. Octobre : la Chambre des représentants est suspendue, les élections législatives sont repoussées et dissimulent mal le pouvoir d'exception que s'est arrogé le roi.
1984	«Révolte du pain» dans plusieurs grandes villes, révélatrice des difficultés sociales du pays.
1990	Hassan II fait discrètement raser le bagne de Tazmamart, prison située dans le désert de l'Atlas et symbole de la dureté de son règne.
1991	Trêve dans le conflit qui oppose le Maroc et le Front Polisario sur le Sahara-Occidental.

---

1. *Antifranquiste* : contre l'Espagne dirigée alors par le général Franco.

1998 14 mars : gouvernement d'alternance qui prépare la succession dynastique ; Hassan II nomme à la tête du gouvernement un ancien ennemi de la monarchie, le socialiste Abderrahman Youssoufi : mais l'USFP (Union socialiste des forces populaires) sort affaiblie de cette expérience gouvernementale et le trône est conforté.

1999 23 juillet : mort du roi Hassan II ; le pays est stable mais exsangue[1]. Accession au trône de Mohammed VI.
Un «plan d'action pour l'intégration des femmes au développement» du pays – réflexion sur la place et le rôle de la femme dans la société marocaine – suscite un violent débat : la *moudawana*, le code du statut personnel qui s'inspire directement de la *charia*, la loi islamique, en serait modifiée.

2004 Janvier : création de l'IER (Instance équité et réconciliation) par Mohammed VI pour réconcilier le Maroc avec son passé. Sa mission est de clore le dossier des crimes d'État, des disparitions et des détentions arbitraires qui ont jalonné l'histoire du Maroc de 1956 à 1999.
Adoption de la réforme du code de la famille. Une nouvelle *moudawana* entre en vigueur.

2005 Août : le Front Polisario, en guerre depuis 1975 contre le Maroc pour l'indépendance du Sahara-Occidental, libère les quatre cent quatre derniers prisonniers marocains qu'il détenait. Cette décision coïncide avec la désignation d'un nouvel émissaire de l'ONU (Organisation des nations unies) dans la région, le Néerlandais Peter Van Walsum, chargé de résoudre le conflit. En retour, le Front Polisario appelle le Maroc à libérer plus de cent cinquante prisonniers sahraouis.

---

1. ***Exsangue*** : au sens propre, vidé de son sang ; au sens figuré comme ici, vidé de sa force, affaibli.

■ Fouad Laroui.

L'Oued et le Consul
et autres nouvelles

L'Oued et le Consul

Le consul[1] de Finlande s'en alla dans le Grand Sud montrer à sa femme les beautés du monde. Tôt débarquée de ses contrées lointaines, encore endormie, elle fut menée jusqu'à Marrakech[2] par son mari le diplomate, qui loua une Jeep étincelante d'arrogance. Faisant fi[3] des avis, il s'en fut à midi, sous un soleil de feu. Sur les routes, elle, la belle dame à l'écharpe, Isadora[4] réincarnée, lui, l'aventurier au long cours, l'intraitable des Traités[5], ils filaient, riant en finlandais, et disant de belles choses, mais un peu méprisantes, un peu condescendantes[6].

Il lui parla de ce peuple attachant, mais parfois gentiment escroc, auquel il ne fallait accorder que le minimum de confiance.

« Je les connais, ma chère. "Laisse-les parler et n'en fais qu'à ta tête", c'est ma devise. »

Il fit gronder le moteur de la Jeep, pour le plaisir.

---

1. *Consul* : diplomate chargé de la défense de ses compatriotes et de diverses autres fonctions dans un pays étranger.
2. *Marrakech* : ville du Maroc située au pied du Haut-Atlas ; centre commercial et touristique.
3. *Faisant fi* : méprisant, dédaignant.
4. Allusion à Isadora Duncan, danseuse américaine d'origine irlandaise (1877-1927), nourrie de l'Antiquité, qui rencontra le succès en apparaissant pieds nus, drapée dans une tunique grecque ; elle trouva la mort étranglée par son écharpe qui s'enroula dans une roue de sa voiture de sport.
5. *L'intraitable des Traités* : cette expression, qui joue sur les mots, évoque la rigidité de ce diplomate chargé de négocier des accords avec les gouvernements étrangers.
6. *Condescendantes* : hautaines, supérieures.

15 Sa femme lui demanda si les Marocains se déplaçaient en Jeep, dans le Grand Sud. Il éclata de rire.

« Mais non, ils vont à pied ou à dos de mule. »

Il lui montra au loin des silhouettes de centaures[1] qui trottinaient à flanc de colline.

20 Vers la fin de la journée, le couple arriva au bord d'un oued[2], c'est-à-dire qu'ils virent une espèce de ravin qui interrompait la route et les empêchait d'aller plus loin. C'était fâcheux, cet abîme, qu'il allait falloir traverser, d'une façon ou d'une autre. La pente qui y menait était assez rude. Le consul descendit de la voiture et
25 marcha jusqu'au bord du lit[3] sec. Il s'accroupit, tâta le sol puis se releva, un large sourire éclairant sa belle face d'aventurier racé. Il revint en se frottant les mains.

« Pas de problème, surtout avec un 4x4. »

Il tapota les flancs de sa monture, pas peu fier. Ayant grimpé
30 de nouveau sur son trône, il vit s'approcher un jeune garçon qui lui dit quelque chose dans un mauvais français mâtiné de[4] dialecte berbère, avec force signes. Le consul secoua la tête, indiquant qu'il ne comprenait pas ce qu'on lui voulait. Un autre garçon accourut, suivi d'un homme très pauvrement vêtu et qui s'ap-
35 puyait sur une canne, et ils faisaient tous deux de grands gestes.

« Que nous veulent-ils ? s'inquiéta la femme du consul.

– Je crois qu'ils ne veulent pas qu'on traverse ici.

– Pourquoi ?

– Je ne sais pas. C'est peut-être un endroit sacré ? »

40 Le diplomate engagea la conversation avec le jeune garçon qui l'avait abordé en premier. Il finit par comprendre que l'autre le mettait en garde contre le fleuve.

« Quel fleuve ? » se demanda le consul.

---

1. *Centaures* : être fabuleux, moitié hommes, moitié chevaux.
2. *Oued* : cours d'eau temporaire dans les régions arides ; la définition péjorative qui suit correspond au point de vue des deux Finlandais.
3. *Lit* : creux dans lequel coule un cours d'eau.
4. *Mâtiné de* : mêlé de.

« Quel fleuve ? » lui demanda sa femme, lorsqu'il eut traduit.

Ils regardèrent la tranchée qui semblait s'étendre d'est en ouest, du plus loin qu'on pût voir. Elle était sèche, ne charriait[1] rien sinon, peut-être, des souvenirs. Les deux Finlandais, qui venaient d'un pays où l'on trouve mille lacs, se regardèrent.

« Ces gens se moquent du monde. Je ne vois pas la moindre goutte d'eau, il n'a pas plu depuis des lustres, c'est dans leur tête que coule la rivière. Les malheureux. »

Les deux garçons et le vieil homme restaient debout, silencieux, alignés devant la Jeep, formant une barrière très humble. Le vieillard gardait la bouche ouverte. Elle était entièrement édentée, c'était une sorte de trou rose dans sa face brune. Un léger filet de salive en dégoulinait. Une taie[2] recouvrait son œil gauche. À le regarder, la femme du consul faillit se trouver mal. Elle eut soudain une inspiration.

« Ils veulent peut-être qu'on passe la nuit ici ? Et si c'était des… des… »

Elle ne trouvait pas ses mots, s'énerva.

« Enfin, tu vois ce que je veux dire, ils sont sans doute envoyés par le tenancier de l'auberge du village.

– Ah, des *rabatteurs*, tu veux dire. »

Le consul réfléchit un instant puis haussa les épaules. Des rabatteurs ? Pour quelle auberge ? Quel village ? Il n'y avait qu'immensité poussiéreuse à perte de vue. On devinait une ou deux cahutes au loin, faites de boue séchée sans doute ; en tout cas ce n'était pas le genre d'endroit où on loge des Chrétiens. Tout cela lui semblait grotesque. On n'oblige pas les gens à faire escale dans des bleds perdus alors qu'ils ont encore toute la journée devant eux. C'en serait fini de sa *moyenne*[3]. Pour en avoir le cœur net, il demanda, en français :

---

1. *Charriait* : transportait.
2. *Taie* : tache opaque de la cornée constituée par une cicatrice à la suite d'une blessure ou d'une infection.
3. *Sa moyenne* : sa vitesse moyenne.

« Y a-t-il un hôtel, ici ? »

Le jeune garçon éclata de rire et les autres l'imitèrent, sans trop savoir pourquoi.

« Non, il n'y a pas d'hôtel, mais vous pouvez dormir chez nous. À la maison. Vous êtes les bienvenus. »

Le consul traduisit en finnois à l'usage de sa femme. Elle haussa les épaules.

« C'est bien ce que je pensais, ils voient des touristes, ils veulent les plumer. Allons-nous-en. »

Elle se rencogna[1] sur son siège et se mit à bouder ostensiblement[2]. Son mari remit la voiture en marche. Les autochtones[3] se remirent à faire de grands signes, de l'espèce « on ne passe pas ! ».

« Allez, c'est bon, poussez-vous, leur cria-t-il. Allez, *oust, oust !* »

Les deux garçons et le vieillard s'éloignèrent sans insister. La Jeep avança, belle de verre et de métal, lâchant un feulement[4] satisfait. Elle était maintenant au milieu de la tranchée. Le consul apprécia cet instant d'éternité, ce moment précis où l'homme et sa monture savent qu'ils vont triompher de l'obstacle. Il ne restait plus qu'à donner un dernier coup de reins, pour grimper hors de l'ornière.

C'est alors qu'il entendit un grondement sourd qui semblait venir de l'est. Il tourna la tête mais ne vit rien. Il remarqua toutefois qu'un mince filet d'eau courait maintenant sous les roues de la Jeep. Le grondement s'amplifia. Le consul tenta d'accélérer, mais les roues de la voiture se mirent à patiner. Sa femme se recroquevilla sur son siège, effrayée, sans trop savoir pourquoi. Le bruit s'amplifia. Se tournant vers la gauche, d'où le grondement venait, ils virent un haut mur de boue et d'eau qui se ruait sur eux.

---

1. *Se rencogna* : se blottit.
2. *Ostensiblement* : ouvertement, par opposition à « discrètement ».
3. *Autochtones* : qui sont du pays, par opposition à « étrangers ».
4. *Feulement* : cri du tigre ; synonyme ici de grognement.

Le flot furieux emporta l'homme, la femme et l'équipage. Perchés au plus haut d'une colline, les Berbères virent disparaître cette vague qui venait de loin et qui, d'une seule ruée, mit fin pour toujours au bel allant[1] du consul et de sa femme.

---

1. *Allant* : énergie, entrain.

Nos pendus ne sont pas les leurs

Se promener le long des berges de l'Ouse est l'une des activités favorites de l'homme seul qui rumine son exil dans le Yorkshire[1]. Tous les dimanches, qu'il vente ou qu'il pleuve, je suivais le petit chemin de terre qui serpente au gré des humeurs de
5 l'eau. Tous les dimanches, j'avais une pensée pour Virginia Woolf[2], qui se noya dans cette rivière, qui fit le choix de s'en aller ondine[3]. Cours d'eau paisible, le plus souvent, et promenade itou[4]. Il fallait de temps à autre franchir une barrière faite de quelques planches à peine clouées (on appelle cela un *stile*), il fal-
10 lait parfois jeter une pierre à un chien trop curieux, mais ces péripéties mises à part, il n'arrivait jamais rien sur les berges de l'Ouse, tant que l'Ouse restait dans son lit.

Un beau jour, et je dis beau parce qu'il faisait, par exception, très beau, je vis au loin, se dirigeant vers moi, un petit homme
15 aux allures de philosophe qui se fouettait régulièrement les mollets à l'aide d'une espèce de fougère. Lorsqu'il arriva à ma hau-

---

1. *Yorkshire* : région industrielle du centre de l'Angleterre, traversée par l'Ouse, rivière qui se jette dans la mer du Nord.
2. *Virginia Woolf* : romancière et critique britannique, auteur notamment de *La Traversée des apparences* (1915), de *Mrs. Dalloway* (1925), d'*Une chambre à soi* (1929) ou encore de *Les Vagues* (1931); née en 1882, elle se suicida en 1941.
3. *Qui fit le choix de s'en aller ondine* : qui décida de disparaître en se transformant en ondine, déesse des Eaux dans la mythologie nordique.
4. *Itou* : de même, également (vieilli et familier).

teur, il inclina la tête en guise de salut et nous échangeâmes ces quelques phrases :

« Beau temps, *isn't it* ?

– Superbe.

– Vous allez par là ? »

Il me désigna la direction dont lui-même venait.

« Mais oui.

– Si j'étais vous, je rebrousserais chemin.

– Pourquoi ? »

Il reprit son chemin sans répondre. Puis, se ravisant[1], il me jeta, par-dessus son épaule, d'un ton égal :

« Parce qu'il y a là deux hommes qui pendent d'un arbre. »

Puis s'en fut, se flagellant[2].

D'habitude, quand on m'annonce que deux hommes pendent d'un arbre, ma première réaction est de tourner casaque[3] et de fuir jusqu'au fin fond des déserts. Ce n'est pas la mort que je crains, c'est la police. Celle qui arrête tous les hommes valides dans un rayon de dix kilomètres, les jette dans une cave et cogne dans le tas jusqu'à ce que l'un d'entre eux avoue. Mais je me fis la réflexion suivante :

« L'ami, tu n'es plus dans les tiers-mondes, tu es ici en Angleterre. La police y fait des erreurs, comme partout, mais cela m'étonnerait qu'elle tombe sur toi à bras raccourcis[4] pour la seule raison que tu flânais le long de l'Ouse le jour des deux pendus. »

Je continuai donc ma promenade. Après tout, l'homme à la fougère était peut-être un mythomane[5]. Ou peut-être l'avais-je mal compris. L'accent du Yorkshire n'est pas celui de la reine des

---

1. *Se ravisant* : changeant d'avis.
2. *Se flagellant* : se fouettant.
3. *Tourner casaque* : fuir.
4. *À bras raccourcis* : violemment.
5. *Mythomane* : personne atteinte d'une maladie mentale qui se caractérise par une tendance au mensonge, à la simulation.

Angles[1]. Et s'il m'avait averti de la présence de gymnastes en plein effort ? Et s'il avait dénoncé une exhibition[2] pornographique ?

Une centaine de mètres plus loin, je vis un arbre énorme, au feuillage dense, dont les épaisses racines semblaient plonger dans l'eau, et je vis aussi deux hommes qui se balançaient mollement au bout d'une corde, chacun la sienne. Le promeneur n'en avait pas menti. Arrivé au-dessous de la branche porteuse, je pus mieux les regarder. Ils avaient un teint de cendre et les yeux révulsés. Ils étaient tout à fait morts.

On ne nous apprend rien. Personne ne m'a jamais indiqué ce qu'il fallait faire dans une telle situation, ni mes parents, ni mes maîtres, ni la littérature entière. Je restai là, les bras ballants, le cou allongé. L'Ouse n'était d'aucun secours, qui coulait nonchalamment. C'est alors qu'un souvenir d'enfance me revint en mémoire.

C'était à El-Jadida[3]. J'avais dix ou onze ans. Comme chaque matin, j'avais quitté la maison pour aller à la plage, vêtu de rien, juste un short et des sandales en plastique. Dans une rue étroite, je fus contrarié par un attroupement qui entravait le va[4] du piéton. Des gens entraient et sortaient d'une maison basse, dont la porte était largement ouverte. Aux questions que posaient les badauds, ceux qui n'y avaient pas été voir eux-mêmes, tout le monde répondait, même ceux qui avaient posé la question. On

---
1. « Angles » est le nom du peuple germanique qui envahit l'Angleterre vers la fin du Ve siècle. Cette comparaison souligne l'opposition entre le parler du Yorkshire et la langue originelle et pure, celle qu'employait un peuple situé au fondement de l'histoire de l'Angleterre.
2. *Exhibition* : parade, représentation, démonstration.
3. *El-Jadida* : cité balnéaire située au sud de Casablanca.
4. *Va* : marche, progression (formé sur le verbe « aller », à la troisième personne du présent de l'indicatif).

supputait[1] le meurtre ou les voies de fait[2], on balançait entre l'atroce et l'inconvenant[3]. Les hommes qui sortaient à l'instant de
70 la maison secouaient la tête, livides, et marmonnaient des vérités transcendantes[4].

«Dieu est grand... La volonté de Dieu... Implorons Dieu...»
Oui, bon, d'accord, mais en attendant, quoi ? Que se passe-t-il ?

75 Je restai à l'écart, pas du tout tenté de suivre le flot des entrants, mais tout de même assez curieux de savoir la suite.

Les pompiers arrivèrent. Ils n'avaient ni voiture, ni équipement, ni uniformes, mais tout le monde savait que c'étaient les pompiers, puisque nous les connaissions personnellement. Notre
80 propre voisin s'appelait Ahmed *el-Boumbi*, soit Ahmed le Pompier, et lui aussi était là : c'étaient donc bien les pompiers. Ils disparurent à l'intérieur de la maison. Puis la police arriva, et les enfants s'envolèrent, saisis d'effroi. Quelques bourrades[5], quelques gifles dans la masse d'hommes frayèrent un chemin à la
85 Sûreté nationale. Un peu plus tard, une fourgonnette manœuvra de façon à présenter son arrière à la porte. On évacua quelque chose. La foule vibrait de curiosité, folle de rumeurs. Les enfants, revenus, s'étaient installés au premier rang et ne perdaient rien du spectacle. Les portes de la fourgonnette claquèrent et la Loi et les
90 pompiers s'en allèrent vrombissant.

Le soir même Ahmed el-Boumbi entra dans la boutique du tailleur, l'air plus *homme* que jamais, c'est-à-dire frère humain, compatissant, méditatif. Il posa ses énormes fesses sur un tabouret qui en faillit se fendre. A el-B[6] commença par se taire pendant
95 cinq longues minutes, les yeux clos, ne laissant échapper que

---

1. *Supputait* : supposait.
2. *Voies de fait* : coups, violences.
3. *L'inconvenant* : ce qui est choquant, indécent, incorrect (adjectif substantivé).
4. *Transcendantes* : élevées, supérieures, sublimes.
5. *Bourrades* : poussées que l'on donne à quelqu'un.
6. *A el-B* : Ahmed el-Boumbi.

quelques *ma-cha Allah*[1] ! Puis il considéra les oisifs[2] qui, d'habitude, regardaient le tailleur coudre des djellabas, mais qui le fixaient tous, maintenant, lui, el-Boumbi. La voix basse, pour ne pas réveiller les *jnouns*[3], il raconta longuement l'événement du
100 jour. Près de l'entrée de la boutique, je ne perdais pas un mot de ce que racontait le Pompier, mais je n'en compris pas grand-chose, sauf l'essentiel : un type s'était pendu dans sa maison et Dieu est grand. Le pourquoi n'avait pas d'importance puisque le Démon était dans le coup. Les oisifs et le tailleur hochaient la tête,
105 poussant des *ma-cha Allah* pathétiques[4]. Ce qui me reste de cet incident, c'est surtout cette atmosphère de catastrophe crasse[5] qui avait sali un si beau jour d'été. Se pendre par 30 degrés à l'ombre ? Quelle étrange idée. Eh bien oui, nous étions pauvres, mais s'il fallait, en plus, être malheureux… L'homme qui s'ôte la
110 vie est maudit à jamais.

Revenons dans le Yorkshire. Je m'éloignai de l'arbre à hommes en attendant que quelque chose se passât. Quelques minutes plus tard, deux voitures de police arrivèrent. Des uniformes en descendirent. On prit des photos, puis les deux
115 hommes furent dépendus comme s'il s'agissait d'andouilles. Tout cela clinique, froid, professionnel. On me posa trois questions, j'y répondis et on me laissa en paix.

Le lendemain, le journal local m'apprit qu'il s'agissait de deux frères qui possédaient un commerce à Leeds. Ils avaient pris un
120 billet simple pour York[6], avaient probablement marché de la gare

---

1. *Ma-cha Allah !* : expression arabe que l'on prononce en entrant chez quelqu'un et qui compliment sur les lieux.
2. *Oisifs* : qui n'exercent pas de profession, inactifs, inoccupés.
3. *Jnouns* : démons vivant dans les montagnes, esprits se tenant derrière chaque homme, chez les Berbères.
4. *Pathétiques* : douloureux, émouvants, bouleversants.
5. *Crasse* : l'adjectif désigne une atmosphère lourde.
6. **Leeds** est une ville d'Angleterre, située dans le West Yorkshire ; **York** se trouve dans le North Yorkshire (au nord-est de Leeds).

jusqu'aux bords de l'Ouse et, là, ils s'étaient pendus de conserve[1]. La police fut alertée par un promeneur solitaire. On n'en savait pas plus.

Au cours des jours qui s'ensuivirent, la presse locale continua de s'intéresser au mystère des deux frères ballants[2]. Petit à petit, leur histoire fut reconstituée, c'est-à-dire leur histoire extérieure, l'écume des jours[3]. Ce commerce qu'ils possédaient ensemble, c'était une quincaillerie qui battait de l'aile. Les journalistes supposèrent aux pendus des ennuis fiscaux, des dettes qui s'amassaient au-dessus de leur tête et les poussèrent à commettre le geste fatal. Mais pourquoi venir jusqu'à York ? Pourquoi n'avaient-ils pas grimpé dans leur grenier, jeté une corde autour d'une poutre et fait ça chez eux ?

La saison de football ayant repris, la presse s'intéressa aux frasques[4] d'un sportif prognathe[5] et de sa femme anorexique. On ne parla plus des deux quincailliers. Mais quelques mois plus tard, dans le foyer du West Yorkshire Playhouse, à Leeds, j'eus cette conversation avec une certaine Fiona :

« Comment, Fiona, tu en sais plus sur les pendus de l'Ouse ?
– Puisque je te le dis. Pourquoi me fais-tu toujours tout répéter ? C'étaient mes voisins.
– Et ils sont morts de…
– Je te le répète : ils sont morts de solitude. Ils n'avaient ni famille ni amis…

---

1. *De conserve* : ensemble.
2. *Ballants* : qui se balancent.
3. *L'écume des jours* : image maritime qui désigne la surface des choses ; reprise du titre du roman poétique de Boris Vian (1920-1959), qui raconte l'histoire d'amour tragique entre Colin et Chloé.
4. *Frasques* : aventures scandaleuses, écarts de conduite.
5. *Prognathe* : l'adjectif qualifie un individu dont les mâchoires sont proéminentes. Avec ces précisions, l'auteur se moque de la presse anglaise et des personnalités qu'elle donne en vedette en leur accordant ses premières pages.

– Oui, mais ils s'avaient l'un l'autre.
– L'horreur, oui ! Ils étaient jumeaux, de vrais jumeaux. S'ils se regardaient, ce n'était pas très différent de se regarder dans la glace. En fait, c'était pire, car une glace, un miroir, tu peux les éviter, tu peux même décider de ne pas en avoir, mais l'autre, là, l'homozygote[1], qui te renvoie à chaque instant l'image de ton malheur…
– En fait, c'était pire que d'être seul, Fiona.
– Solitude à deux, double solitude.
– Mais pourquoi ont-ils pris le train (ah ! l'aller simple, détail horrible), pourquoi les bords de l'Ouse ?
– Comment, ce n'était pas dans les journaux ? Leur chien était enterré sous cet arbre.
– Leur chien ?
– Ils l'avaient inhumé là deux semaines plus tôt, parce que c'était tout de même un joli coin.
– Leur chien. Bien sûr. »

Au mois d'août, j'étais comme chaque année à El-Jadida à dire bonjour aux miens et à vérifier la cote de l'eau dans les barrages. En passant par Bouchrit, une rue en forme de spaghetti, je revis la maison du pendu. Quelques heures plus tard, dans le foyer du cinéma Rif, j'eus cette conversation avec un certain Lyachi :
« Toi qui es vieux comme les fourmis, tu te souviens du pendu ?
– Je me souviens de qui ? Ah, oui. Il s'appelait Douhou.
– Parle-moi de Douhou.
– Qu'est-ce qu'il y a à raconter ? Douhou… À vrai dire, on ne l'entendait jamais, dans le vacarme. Dix enfants qui braillaient toute la sainte journée, une femme acariâtre[2], et ses parents qui occupaient un coin de la maison et ne se privaient pas de vouloir

---

1. *Homozygote* : qui a les mêmes gènes qu'un autre être. Les « vrais » jumeaux sont homozygotes, les « faux » jumeaux sont hétérozygotes.
2. *Acariâtre* : qui a mauvais caractère, qui est toujours de mauvaise humeur.

encore tout régenter[1]. Ah, pauvre Douhou. Pauvre comme une souris de mosquée, avec ça. Il était… comment dit-on ? Morose.

– Tu peux me confirmer quelque chose qui m'a toujours turlupiné[2] ? La porte de sa maison était-elle toujours ouverte ?

– Pourquoi l'aurait-il fermée ? La moitié de la rue, c'était sa famille et les autres, c'était tout comme. On rentrait chez lui pour un oui, pour un non et même pour rien du tout, juste pour le plaisir de franchir un seuil.

– Dans de telles circonstances, je me serais moi-même procuré une bonne corde de chanvre, Lyachi. Au fond, il s'était pendu pour être seul, non ? »

Le vieil homme hocha la tête, les yeux mi-clos puis il murmura :

« Maudis le diable, mon fils. Où es-tu allé chercher cette drôle d'idée ? »

---

1. Régenter : diriger, décider.
2. Turlupiné : tourmenté.

Une botte de menthe

Oisifs autour d'une tasse de café odorant, dans ce parc ensoleillé au centre de Casablanca, par cette belle journée de printemps, nous évoquâmes la mort de nos pères. Et si je dis la mort, je mens encore, je m'avance imprudent. Disparition ne vaut pas
5 mort, même si c'est pire. Du mien les pas s'en allèrent un jour, le petit garçon en fut témoin. Je le racontai, mes commensaux[1] hochèrent la tête. On se comprend. L'époque Oufkir[2] ! De telles choses eurent lieu, et d'autres encore, et des infamies.

Ce fut le tour de Moha. Il sirota, se gratta le pariétal[3], entre-
10 prit de narrer.

« *My father*, dit-il, et l'usage insolite de l'anglais désamorça le sanglot, *my father* sortit acheter une botte de menthe. À qui la faute ? D'ordinaire, il eût dit : "toi", désignant *my mother*, qui était à peu près responsable de tout. Je ne vous cèle[4] pas les défauts du
15 géniteur. Cela vous épargnera peut-être le surcroît d'empathie[5]. Restez bien dans votre pellicule[6]. Bref, à qui la faute ? À ma mère, qui réclama la botte, qui oublia d'en acheter la veille ? À nous tous, aux habitudes alimentaires, aux Chinois ? Maudite manie,

---

1. *Commensaux* : personnes qui mangent à la même table ; hôtes.
2. *L'époque Oufkir* : la période où Muhammad Oufkir fut au gouvernement marocain, d'abord comme ministre de l'Intérieur (1965) puis comme ministre de la Défense (1971) ; elle correspond à des années sombres de l'histoire du Maroc, pendant lesquelles de nombreux opposants au régime disparurent.
3. *Pariétal* : os du crâne.
4. *Cèle* : cache.
5. *Empathie* : faculté de se mettre à la place d'autrui, d'éprouver ce qu'il ressent.
6. *Pellicule* : ici, coque ou bulle hermétique.

ce thé. Père en paya le prix. Mais j'anticipe. Bref, "va-t'en acheter
l'herbe magique : l'eau bout sur le brasero[1], le sucre attend sa dissolution, manque la menthe."

– Continue.

– Donc, sur le pas de la porte, l'homme se retourne, machinal, son regard croise le mien et notez ceci : je ne le revis plus, ce regard. Enfin, pas avant six ans.

– Peste !

– Record mondial de lenteur.

– Planta lui-même la menthe et attendit ?

– Mais non. Si l'on reconstitue les faits, et il faut d'abord débroussailler dans les rapports contradictoires de la police, il atteignit tout de même le bout de la rue. Tourna à senestre[2] et entra dans les mondes parallèles, puisque sa trace se perdit là. Fracture de l'espace-temps, semble-t-il. La police s'en vient enquêter, le lendemain. Louche, ce type qui se volatilise. N'a peut-être pas payé ses impôts, trafique des trucs, tout cela n'est pas très *moslim*[3].

– Les salauds ! Les hypocrites !

– Holà ! On se calme. D'ailleurs, tu es injuste. Les enquêteurs ne sont pas les enleveurs. On dit bêtement : *la* police. Mais quelle ? Y en a des plusieurs. Ainsi je te prends l'inspecteur Lhouari...

– Garde-le.

– Ce type est brave, comme on dit con, la main sur les entrailles, rend service autant qu'il peut, n'a seulement jamais égorgé un chat. Maintenant je considère Lahnech, réputé fonctionnaire à la mairie, flic en fait. De la pire espèce : la secrète, la grise, l'élusive[4]. Le monde est ainsi fait : l'un enlève, l'autre

---

1. *Brasero* : bassin de métal, rempli de charbons ardents.
2. *À senestre* : à gauche (vieilli, du latin *sinister*).
3. *Moslim* : *muslim* – prononcé au Maroc *mosellan* – signifie « musulman », en anglais.
4. *Élusive* : qui esquive, qui détourne, qui fuit.

enquête. Leurs chemins se croisent-ils ? Seulement en direction de la mosquée. À part ça, leurs vies, plus parallèle y'a pas.

— C'est tout de même un monde. Toi, tu défends la police ?

— Je ne défends rien, j'explique. Donc la police vient enquêter sur ce bougre qui a disparu sans prévenir. Elle rédige un rapport et s'en va. J'ai douze ans, je me retrouve chef de famille. Adieu, le collège, les études (je voulais être médecin), me voilà à faire mille jobs pour faire bouillir la *guedra*[1]. Bref, les années passent, j'ai les mains calleuses[2] et la voix rêche. Le jour même de mes dix-huit ans, nous sommes en train de finir un couscous, lorsque, tout à coup, crissements de frein devant la porte, des portières claquent, quelques jurons étouffés... Nous sortons voir de quoi il retourne[3]. Nous avons à peine le temps d'apercevoir la Jeep qui disparaît au coin de la rue. Debout dans le caniveau, un peu voûté, un homme vêtu d'une espèce de combinaison bleue nous regarde, hébété[4]. *The father*, rien de moins.

— Six ans après !

— Et alors ? Et alors ?

— Alors cet homme se retourne lentement et s'en va.

— Quoi ?

— Mais pas pour longtemps. Cinq minutes après, il revient avec une botte de menthe à la main. On se demande comment il l'a payée... À crédit, sans doute. Il entre (nous sommes figés), pose la menthe sur la table, s'assoit à sa place, qui est d'ailleurs devenue la mienne, et réclame son thé. La mère, qui a déclaré forfait dès sa naissance, qui a pour toujours renoncé à comprendre quoi que ce soit au monde, met l'eau à bouillir et prépare le breuvage. Nous avons bu le thé et jamais parlé de ces six ans. Parenthèse, quoi. Mais la vie elle-même, hein... »

---

1. *Guedra* : marmite dans laquelle on fait cuire le couscous. « Faire bouillir la marmite » signifie nourrir la famille.
2. *Calleuses* : dont la peau est durcie et épaissie.
3. *De quoi il retourne* : ce qui se passe.
4. *Hébété* : ahuri, abruti.

Le Tyran et le Poète

Lorsque le tyran le fit convoquer, à l'aube, Saïd Ahmed se retira dans sa chambre, se déshabilla entièrement et se vêtit d'un linceul[1] immaculé. Il s'allongea ensuite sur son lit, ferma les yeux et voua son âme à Dieu. *Toi dont la miséricorde[2] est infinie...*
Après quelques instants, il se releva en geignant, ôta son linceul et remit sa culotte – tout cela était exagéré, et puis le blanc ne lui seyait pas. Il se rassit pour mieux réfléchir.

Du coin de l'œil, il aperçut son téléphone portable Samsung 5200X et se souvint qu'on était dans les Temps modernes. Ah, tout n'était pas perdu.

Oui, mais la veille encore, deux bougres avaient été pendus sur la place publique.

On ne savait pas vraiment en quel siècle on vivait.

Le message avait été bref, mais clair.

Il devait se trouver à 14h00 à la porte est du Palais. Là, on s'occuperait de lui.

S'occuperait ?

Saïd Ahmed était poète, de l'espèce officielle. Doté d'une mémoire prodigieuse, il connaissait des kilomètres de sucreries[3] diverses qu'il débitait à la commande, sans même y réfléchir. Il

---

1. *Linceul* : ici, pièce de toile blanche.
2. *Miséricorde* : pitié, clémence.
3. *Sucreries* : métaphore pour évoquer les paroles flatteuses du poète.

prenait son luth[1] comme d'autres leur hache. Il taquinait la Muse[2] comme on viole l'Orpheline. Il faisait dans la commémoration, le dithyrambe[3], la joie à date fixe. Avec cela, d'une prudence de chat persécuté. Il craignait tant de déplaire qu'il poétait[4] à vide. Jamais un mot plus haut que l'autre, jamais une strophe sans catastrophe, pas le moindre hapax[5]. Il plaçait toujours une colombe dans chacun de ses poèmes, pour apaiser l'ire[6] éventuelle du lecteur ou détourner son attention. Il connaissait le nom de toutes les fleurs. Souffrant d'allergies diverses, il les haïssait en bloc et en détail, mais il s'en servait pour donner du corps à ses descriptions du Paradis, où il ne manquait pas d'envoyer ses commanditaires[7] à la fin du morceau. Des flots de parfum se déversaient de sa plume, musc, patchouli, myrrhe et encens, et même la mystérieuse *pastille du sérail*[8] qu'il avait découverte dans une relation ancienne de voyage dans la Porte[9]; et tant de turquerie[10] pour rien, il avait constamment le nez bouché.

Le taxi le déposa à l'entrée du Palais. Le poète en franchit l'entrée et s'arrêta dans une espèce d'avant-cour où quelques Bentley[11]

---

1. *Luth* : instrument de musique à cordes pincées; sorte de lyre, symbole de la poésie lyrique.
2. *Il taquinait la Muse* : il faisait des vers (tournure familière).
3. *Dithyrambe* : éloge enthousiaste, parfois excessif.
4. *Il poétait* : il tentait de faire de la poésie (néologisme de l'auteur).
5. *Hapax* : mot, forme, emploi dont on ne peut relever qu'un exemple (donc inusité, inhabituel).
6. *Ire* : colère, fureur.
7. *Commanditaires* : personnes qui lui ont passé commande de son œuvre.
8. *Sérail* : palais du sultan dans l'Empire ottoman; ici, le mot est aussi synonyme de «harem», appartement des femmes chez les grands personnages musulmans.
9. *Voyage dans la Porte* : voyage à la cour des sultans turcs; la Porte ou la Sublime Porte est le nom qui était autrefois donné au gouvernement du sultan des Turcs.
10. *Turquerie* : éléments poétiques d'inspiration turque, orientale.
11. *Bentley* : marque de voitures de luxe.

étaient parquées comme autant de juments placides. Il héla là la
garde et la garde se précipita sur lui, prête à cogner, hargneuse. Il
se fit connaître, personne ne le connaissait, il montra sa convo-
cation, personne ne savait lire, il la lut à haute voix, le ton
changea, et les archers se mirent à rajuster ses vêtements. Ils lui
donnaient de petites tapes sur les épaules pour rectifier sa position, lui dérangeaient les cheveux, lui soufflaient dans les oreilles,
lui fourraient un doigt ici et là, oui, oui, même là. Le protocole
exigeait ce procédé, il fallait arriver à une certaine uniformité de
la gent[1] qu'on présentait au Chef, car eux sont communs et lui
exceptionnel. Le tripotage réglementaire fit son effet : le peu d'assurance que Saïd possédait encore s'envola. Ce fut une loque
qu'on introduisit dans le Bureau, où on lui ordonna d'attendre.

Il attendit pendant une heure, les fesses effleurant à peine la
chaise qu'on lui avait indiquée. Il n'osait pas bouger car il y avait
des miroirs partout et qui sait si le Chef suprême ne l'observait
pas, caché derrière une glace sans tain ? Comment lui montrer
que lui, Saïd, était innocent ? Il s'efforça de se composer une tête
d'innocentissime[2], mais ne réussit qu'à ressembler à un imbécile
terrorisé.

Une porte s'ouvrit derrière lui. Il n'osa pas se retourner et
continua à regarder dans le vide. Soudain il ressentit une présence, sur sa gauche. Il jeta un coup d'œil et faillit défaillir. Le
Tyran était là et le Tyran le regardait. Le poète se liquéfia, ses fesses
glissèrent sur la chaise et il se retrouva par terre. Il tenta de se relever mais les jambes lui manquèrent et ce fut à genoux qu'il saisit
la main que l'Homme lui tendait et la baisa, la couvrant de larmes
et de morve, demandant grâce à tout hasard.

---

1. *La gent* : le peuple, la nation.
2. *Innocentissime* : le suffixe «-issime» donne une valeur superlative à l'adjectif «innocent».

Le Tyran s'essuya discrètement la main et alla s'installer derrière son bureau. Il regarda pendant une bonne minute l'espèce d'homoncule[1] qui maculait son tapis. Puis il annonça, d'une voix
70 de baryton[2] contrarié :
« Je vous ai fait convoquer parce que vous êtes notre meilleur poète. C'est du moins ce que prétend le chef du vingt-deuxième bureau dans un rapport qu'il m'a remis la semaine dernière. »
Le Tyran, qui s'appelait Cogneur Massacre-Tue-Tue-Tue, prit
75 un air modeste et s'efforça de sourire, en baissant les yeux.
« En fait, le vingt-deuxième bureau vous classe deuxième poète du pays, mais passons. »
Saïd eut un sursaut de fierté professionnelle et il s'entendit demander, d'une voix mal assurée.
80 « Et qui est le premier ? »
La face du Tyran, qui se piquait lui-même de poésie, vira au rouge, ses lèvres se mirent à trembler, mais Saïd Ahmed, qui s'était rendu compte de l'énormité de sa bourde[3], s'empressa d'ajouter :
85 « … si ce n'est vous, Monseigneur ? »
Cogneur esquissa un sourire bienveillant et continua :
« Selon le rapport du vingt-deuxième bureau, vous produisez en moyenne 3,47 poèmes par jour, avec des pointes lors des fêtes nationales et de Notre Anniversaire. L'an dernier, vous avez atteint
90 5,88 p/ p /j[4] pendant le mois de juillet…
– … mois béni qui a eu l'insigne honneur de vous voir naître, Seigneur… »
(Cette interruption n'était pas une marque de flagornerie[5] de la part du poète. Le protocole exigeait qu'on prononçât cette for-

---

1. *Homoncule* : petit homme, avorton ; la valeur péjorative du mot est renforcée par l'expression « espèce de… ».
2. *Baryton* : voix d'homme, intermédiaire entre le ténor et la basse.
3. *Bourde* : faute lourde, grossière.
4. *P/ p/ j* : poèmes par jour.
5. *Flagornerie* : flatterie grossière et basse.

mule dès que le mois de juillet était mentionné. En fait, nul ne savait quand le président Massacre-Tue-Tue-Tue était né et juillet avait été choisi au hasard.)

«… et même quand la muse se fait désirer, vous ne descendez jamais au-dessous du quota minimum établi par l'Union des Poètes, soit…»

Cogneur ouvrit un dossier et consulta quelques tables.

«… soit 1,21 p/p/j. C'est bien, Saïd, c'est très bien.»

Le poète fit pipi dans son *seroual*[1]. Cogneur ne s'aperçut de rien et continua.

«Je vous envie, Saïd. Si, si. Vous avez le temps de vous livrer à votre passion. Ah, le temps, le temps, l'unique luxe! Moi, je ne puis, hélas, poéter comme je le voudrais car je veille jour et nuit aux destinées de notre pays, j'ai fait don de ma personne à notre Déserstan[2] éternel. Pour cela, j'ai tourné le dos à ma vocation naturelle, la poésie, mais je ne regrette rien car je sais que mon peuple a conscience de l'ampleur de mon sacrifice.»

«Et en plus, il veut qu'on l'aime», pensa Saïd Ahmed. Puis il fut terrifié par sa propre audace et se ratatina sur sa chaise. Heureusement, CMTTT[3] ne pouvait lire dans ses pensées. Il ne s'était même pas rendu compte que son vis-à-vis[4] était en train de penser, étant lui-même entouré le plus souvent par des eunuques-du-haut, des courtisans qui avaient subi l'ablation[5] du cerveau pour mieux le servir[6].

«Bref, je vous ai convoqué pour la raison suivante. J'ai, il y a plusieurs années déjà, commencé un poème qui sera un

---

1. *Seroual* : pantalon à jambes bouffantes et à entrejambe bas, porté traditionnellement en Afrique du Nord (mot arabe).
2. *Notre Déserstan* : nom imaginaire donné au pays.
3. *CMTTT* : initiales du surnom du tyran, Cogneur Massacre-Tue-Tue-Tue.
4. *Son vis-à-vis* : celui qui lui faisait face.
5. *Ablation* : excision, amputation.
6. Les «vrais» eunuques étaient des hommes castrés qui gardaient les femmes dans les harems.

jour mis en musique et deviendra notre hymne national. Malheureusement, je ne peux trouver le moment de calme et de tranquillité qui me permettrait de mettre la dernière main à mon ouvrage. Le temps, le temps, vous dis-je! Eh bien, c'est vous qui y apporterez la touche finale. Oh! Le poème est pratiquement fini, il suffit d'y apporter quelques retouches, une rime ou un pied, un ïambe[1] ou deux, et le tour est joué. Vous avez quarante-huit heures pour cela. »

Cogneur Massacre-Tue-Tue-Tue se leva et tendit la main à Saïd, qui se rua sur elle, les lèvres en avant.

« Mon chambellan[2] vous remettra mes notes. À vous d'en faire un poème immortel. »

Le tyran s'en fut.

Le chambellan s'en vint, à pas lents, gonflé d'importance. Il apportait, sur un plateau d'argent, un petit coffret en bois de thuya, serti de pierreries et de nacre. Le coffret ouvert, le chambellan en sortit avec précaution un rouleau de papier hygiénique. Il en remit une feuille à Saïd, sans un mot, salua et tourna les talons.

Le poète se mit à examiner la feuille. Elle était couverte de force gribouillis, ratures et repentirs. En s'appliquant, il déchiffra péniblement deux mots. Le premier était *gazelle*. Bien. On était en terrain connu. Le poète sentit son assurance renaître. Le deuxième mot était *kalachnikov*[3]. Il eut beau examiner le papier sous tous les angles, il ne portait que ces deux mots. Au bout d'un quart d'heure, des gardes vinrent escorter Saïd jusqu'à la sortie. Il quitta le palais avec la gazelle et le *kalachnikov* sous le bras.

---

1. *Pied* : en poésie, unité rythmique constituée d'un groupement de syllabes; *ïambe* : pied de deux syllabes.
2. *Chambellan* : gentilhomme de la cour chargé du service de la chambre du souverain.
3. *Kalachnikov* : nom d'une marque soviétique d'armes automatiques et, par métonymie, pistolet mitrailleur de cette marque.

Après s'être confectionné un énorme pot de thé et avoir fumé dix cigarettes turques, le deuxième poète du Déserstan se mit à l'ouvrage. Sa plume volait sur les feuilles de papier qu'il avait disposées sur son bureau.

> *Gazelle, Kalachnikov.*
> *Gazelnikov.*
> *Kalach'nik gazelle ov.*
> *Mazel Tov*[1].

Hmmmmmm.

> *Dans les savanes infinies où la colombe erre*
> *La gazelle broute…*

Oui, mais la mitraillette ?

Il eut brièvement la vision d'une bande de pygmées ouvrant le feu sur un troupeau de gazelles, mais il secoua la tête. Non, non, pas de pygmée dans un poème, ce serait trop novateur. On fusille des aèdes[2] pour moins que ça. Saïd Ahmed froissa nerveusement la feuille de papier et s'en alla déjeuner.

Au café en face, sous un énorme portrait de CMTTT, il commanda une glace avec une avalanche de crème Chantilly. Le sucre favorisait en lui l'élaboration de la poésie. Il revint chez lui rasséréné[3].

Bon.

> *Dans les savanes infinies où la colombe erre*
> *La gazelle broute sous un soleil de musc.*

Mmouais…

---

1. *Mazel Tov* : expression yiddish qui signifie « félicitations » ou « bonne chance ».
2. *Aèdes* : nom donné aux poètes dans la Grèce antique.
3. *Rasséréné* : calmé, redevenu serein.

Et s'il introduisait des terroristes dans le tableau ? Supposons des terroristes américains venus poser des bombes sous le séant[1] de notre chef bien-aimé et alors la garde arrive et alors il y a un échange de coups de feu, non, des rafales de mitraillettes (Kalachnikov, bien sûr, sinon c'est pas la peine) et alors les terroristes meurent et alors...

Oui, mais que vient faire la gazelle dans ce pugilat[2] ?

Reprenons. D'abord, *soleil de musc*, c'est bien joli, mais c'est idiot car jamais je ne pourrai trouver une rime à musc. Au diable, ce musc, d'ailleurs ça veut dire quoi, le musc[3], c'est quoi exactement, c'est un liquide, c'est une pâte ?

> *Dans les savanes infinies où la colombe erre*
> *La gazelle broute sous un soleil de plomb*
> *Le président dort...*

Non, non, non !

> *Le président travaille pour l'avenir glorieux*
> *Du Déserstan, la première des nations.*

Et voilà ! D'accord, « erre » ne rime pas très bien avec le « rieux » de glorieux, mais ce machin est censé devenir hymne national, on le chantera à pleins poumons dans les stades et sur les scènes de théâtre, il suffira d'indiquer une bonne fois pour toutes que « erre » se prononce « errEUH ».

> *Dans les savanes infinies où la colombe errEUH*
> *La gazelle broute sous un soleil de plomb*
> *Le président travaille pour l'avenir glorieux*
> *Du Déserstan, la première des nations.*

---

1. *Séant* : siège.
2. *Pugilat* : bagarre (étymologiquement : à coups de poings).
3. *Musc* : substance brune très odorante, à consistance de miel, d'origine animale.

200 Et m…, il avait oublié la mitraillette !

Pendant deux jours et deux nuits, Saïd travailla au poème immortel. Rien n'y fit, il ne réussit pas à placer le Kalachnikov dans le tableau. De guerre lasse, il décida de demander l'asile politique à la Suède ou aux Pays-Bas. Il remit toutes ses économies à un passeur chevronné qui l'emmena dans les montagnes du Sélénium, lui fit traverser le Tritium aux flots impétueux, l'escamota dans un camion qui traversa le Strontium[1] de bout en bout, bref, trois semaines après le début de son odyssée, il se trouvait en gare centrale d'Amsterdam, où on le dirigea vers un asile de réfugiés politiques. Il n'eut aucun mal à se faire accorder le statut de réfugié car Cogneur Massacre-Tue-Tue-Tue, en dépit de ses offensives de charme en direction de l'Europe, avait une très mauvaise réputation.

On voit parfois errer Saïd Ahmed dans les ruelles du quartier chaud, à la recherche d'une poétesse aux longs dactyles[2]. Offrez-lui un café dans l'un des bouges qui trouent les murs maculés, il ne sera pas long à vous confier, le sanglot dans la voix :

« Vous savez pourquoi je suis là, à claquer des dents dans ce froid pays, à manger des cochonnailles et à boire de l'eau nitrée[3] ? C'est parce que je n'ai pas pu trouver de rime à Kalachnikov… »

---

1. Le *Sélénium*, le *Tritium*, le *Strontium* sont bien sûr des termes géographiques imaginaires.
2. L'auteur joue sur l'ambiguïté du mot « dactyles ». Dans la poésie grecque et latine, un dactyle est un pied formé d'une syllabe longue, suivie de deux brèves ; c'est aussi un terme d'origine grecque évoquant le doigt… S'agit-il ici d'une poétesse aux longs « pieds » ou aux longs doigts ?
3. *Nitrée* : qui contient des nitrates, c'est-à-dire qui n'est pas pure.

Tu n'as rien compris
à Hassan II

Dans ce petit café de Montmartre[1], douillet et enfumé, Hamid m'assène[2], furieux :

« Tu n'as rien compris à Hassan II[3] ! »

Au même moment, une femme pousse la porte du café et vient
5 se jucher sur l'un des tabourets surélevés – ils ont un nom sans doute, très technique, mais qu'importe – qui s'alignent le long du comptoir – et je sais qu'on n'appelle pas cela un comptoir[4], mais qu'importe – et la créature se révèle fine et longue et tellement belle que les larmes me montent aux yeux – c'est un ange – et
10 Hamid me parle de Hassan II.

« En 1963, Hassan avait déjà compris que… »

Mon Dieu, elle a cet air perdu, cet air… Mon Dieu, mais c'est la Nadja[5] de Breton.

« … mais le Mouvement national[6], lui, n'avait pas confiance
15 en Hassan. »

---

1. *Montmartre* : quartier du nord de Paris où se situe la basilique du Sacré-Cœur.
2. *M'assène* : me dit avec hostilité et force.
3. *Hassan II* : roi du Maroc qui a imposé avec force et autorité son pouvoir, de 1961 à 1999 (voir chronologie, p. 21-23).
4. Synonymes de comptoir : bar ou zinc (familier).
5. *Nadja* : héroïne éponyme d'un récit, publié en 1928, d'André Breton, écrivain surréaliste. Nadja incarne l'amour et la beauté, mais aussi l'errance désespérée.
6. Allusion à l'UNFP (Union nationale des forces populaires), mouvement politique de gauche fondé en 1959 par un certain Mehdi Ben Barka et opposé au régime de Hassan II (voir chronologie, p. 20).

Et le barman – excusez l'anglicisme[1] – bref, l'homme moustachu et ventru qui officie de l'autre côté du comptoir – oui, je sais… – ne s'est rendu compte de rien. Nadja est de passage parmi nous, ou peut-être est-ce la Fornarina[2], ou peut-être la Grèce antique[3] – « je suis belle, ô mortels, comme un rêve de pierre…[4] » – et le barman n'en a cure[5] et Hamid n'en saura rien.

« … les années soixante ? Le 23 mars ? L'état d'exception[6] ? Mais Hassan II en est-il l'unique responsable ? Des années troubles… En quoi Hassan est-il responsable ? »

En quoi, en effet. Et qui est responsable de l'apparition de l'ange dans ce café de Montmartre ? On voudrait croire en des dieux, pour tomber à genoux. Et voilà qu'il, et voilà qu'elle[7], la créature enfin se passe la main – fine, les doigts effilés – dans ses cheveux dont la couleur – consultez les dictionnaires – a quelque chose du roux, mais c'est moins violent, c'est ce roux qui flamboie, qui tire vers l'or, qui enflamme les âmes, et Hamid me parle de Hassan II :

« Un tango[8], ça se danse à deux. »

C'est quoi, cette métaphore ? J'en ai horreur. Tout cela m'importune et l'ange…

---

1. *Anglicisme* : mot emprunté à la langue anglaise.
2. *La Fornarina* : maîtresse de Raphaël, célèbre peintre italien (1483-1520). Elle lui inspira de belles figures de femmes.
3. *La Grèce antique* : ici, symbolise aussi la beauté pure.
4. « Je suis belle, ô mortels, comme un rêve de pierre » : premier vers d'un sonnet intitulé « La Beauté », écrit par Charles Baudelaire dans le recueil *Les Fleurs du mal*, « Spleen et idéal » (1857).
5. *N'en a cure* : n'en tient pas compte, ne s'en soucie pas.
6. Le 23 mars 1965, des émeutes éclatent à Casablanca ; l'état d'exception est décrété par le roi : Hassan II prend en main tous les pouvoirs (voir chronologie, p. 21).
7. « Il », c'est-à-dire l'ange ; « elle », c'est-à-dire la femme, la créature.
8. *Tango* : danse sensuelle originaire d'Argentine.

« Un tango, ça se danse à deux. Hassan voulait avancer, le Mouvement national livrait des luttes d'un autre âge. Franchement, la Constituante[1]… »

Il y a dans l'anatomie humaine toutes sortes d'imperfections et des chiffres qui ne sont pas d'or[2] et des élongations[3] qu'on souhaiterait plus modestes et des amas qui rompent l'harmonie des pleins et des déliés[4] – mais considérez ceci : pendant que Hamid m'explique les élections de 1963[5], j'ai tout loisir de détailler la géométrie de l'ange et je jure par Pythagore[6] que rien, rien ne vient en perturber l'idéal et c'est maintenant une vraie larme qui me sourd[7] à la commissure des paupières – rien ne me désole autant que la Beauté – c'est dans la clarté du jour l'offense absolue, irrémédiable – comme quelqu'un qui me dirait : regarde la Face de Dieu… et meurs : elle est hors de portée. Et Hamid me parle de Hassan II.

« Bien sûr, il m'a fait condamner à mort, en 1963. Je l'ai payé de quinze ans d'exil. Mais soyons logiques : nous voulions le tuer[8], il fallait bien qu'il se défende. C'est humain, quoi. »

---

1. *Constituante* : assemblée formée conformément à la première Constitution du Maroc, en 1962 (voir chronologie, p. 21).
2. Le nombre d'or en peinture renvoie à une proportion parfaite et harmonieuse.
3. *Élongations* : déséquilibres, disproportions.
4. *Des pleins et des déliés* : en calligraphie, les parties épaisses et fines des lettres.
5. *Élections de 1963* : premières élections législatives qui décident de la composition du Parlement mis en place par la Constitution adoptée en 1962 (voir chronologie, p. 21).
6. *Pythagore* : philosophe et mathématicien grec du VIe siècle av. J.-C., qui a donné son nom à un fameux théorème qui permet de calculer le troisième côté d'un triangle rectangle à l'aide des deux autres.
7. *Sourd* : naît, surgit, jaillit (du verbe « sourdre »).
8. Hassan II a miraculeusement échappé à de nombreux attentats ou complots destinés à le tuer ; les responsables étaient immédiatement exécutés, emprisonnés ou envoyés en exil.

Le barman a vu l'ange – ô épiphanie[1]... – et il entreprend de se mouvoir dans sa direction – je souhaite tranquillement sa mort violente – parce qu'il va nous plomber l'éther[2] de ces plaisanteries si mornes, si mornement parisiennes, si franchounouilles[3] – et c'est ce qu'il commet, la brute – « et pour la p'tite dame, kes-sass'ra ? » – et Hamid m'explique Hassan II.

« Les années soixante-dix, n'en parlons pas. Tu sais bien ce qu'Abdallah en pense ? Les torts sont partagés. Bon, Hassan a eu tort de s'entourer de crapules comme Oufkir et Dlimi[4], mais l'extrême gauche n'a pas non plus à se vanter. Erreur d'analyse monstrueuse... Mao[5], franchement... Ces jeunes gens envoyés à la mort, ou destinés à croupir en prison parce que S[6]. »

---

1. *Épiphanie* : dans la religion catholique, manifestation de Jésus-Christ aux Rois mages venus pour l'adorer ; par extension, fête de l'Église qui commémore cette adoration ; ici, synonyme d'apparition.
2. *Plomber l'éther* : ici, casser l'ambiance.
3. *Franchounouilles* : mot-valise composé de « franchouillard », terme familier et péjoratif qui qualifie le « Français moyen » avec ses défauts, et « nouille », qui, au sens figuré, désigne quelqu'un ou quelque chose de niais.
4. *Muhammad Oufkir* : voir note 2, p. 40. Bien que considéré comme le plus fidèle serviteur de la monarchie, il a été accusé d'être l'organisateur des complots de 1971 et de 1972, qui ont failli coûter la vie au roi ; il est mort, selon les mots de Hassan II, par « suicide de trahison » de « deux balles dans le dos » ; sa femme et ses six enfants en bas âge ont été emprisonnés dans des conditions effroyables. *Ahmed Dlimi* : général, premier adjoint de Muhammad Oufkir, qui lui a succédé avec une tout aussi terrible efficacité ; il est mort en 1983 dans un mystérieux accident de voiture. Ces deux hommes politiques sont liés à l'affaire Mehdi Ben Barka, leader de la gauche marocaine et farouche opposant à la monarchie de Hassan II, enlevé et assassiné à Paris le 29 octobre 1965 (son corps n'a cependant jamais été retrouvé).
5. *Mao Tsé-toung* : homme politique, fondateur du parti communiste chinois, dont le programme politique donné par son « Petit livre rouge » a influencé de nombreux mouvements d'extrême gauche (1893-1976).
6. *S* : initiale énigmatique qui renvoie très certainement au palais de Skhirat, résidence royale proche de Casablanca, où eut lieu une tentative de complot contre le roi : en réaction, de nombreux opposants furent emprisonnés. L'initiale *H*, qui apparaît un peu plus loin, désigne probablement Hassan II.

Je ne sais ce qui se murmure là-bas, le barman s'en va quérir ce qu'on lui demande, et l'ange désemparé – c'est peut-être une pose – appuie son visage sur la paume de sa main droite et voilà que sa chevelure dont la splendeur eût fait taire David et Jérémie[1] – pour des raisons opposées (je n'ai pas le temps de m'expliquer, Hamid me presse, on est déjà en 1981 et Bouabid[2] est en prison sur ordre de Hassan II) – sa chevelure dévale – cascade éblouissante – le long de son manteau et il/et elle[3] clôt ses yeux dessinés par Botticelli[4] et me parle de H.

« La démocratie – vous parlez tous [moi ?], vous parlez tous de Mohammed VI[5], mais c'est tout de même Hassan II qui l'a mise en place, la démocratie, au rythme qu'il fallait, ni trop tôt ni trop tard... »

Voilà que son dos – celui de l'apparition – est pris de petites secousses, je crois qu'elle pleure, tout doucement, tout doucement.

« C'est Hassan qui a persuadé Abderrahman[6] de devenir son Premier ministre. Tu crois vraiment qu'un homme comme

---

1. *David* : puissant roi d'Israël (v. 1000 av. J.-C.) ; il est l'auteur de *Psaumes* (poésie d'allégresse). *Jérémie* : prophète biblique (v. 600 av. J.-C.) auquel on a attribué une suite de complaintes sur Jérusalem dévastée (poésie de lamentation). Par l'évocation de ces deux figures bibliques, l'auteur montre la puissante beauté de cette femme qui aurait fasciné aussi bien un roi passionné et conquérant qu'un prophète austère et attristé.
2. *Abderrahim Bouabid* : leader de la gauche marocaine (1922-1992), compagnon de Mehdi Ben Barka, opposant à la monarchie dans les années 1980 et chef de l'Union socialiste des forces populaires (USFP).
3. « Il » renvoie à Hamid et « elle » désigne la femme ; la phrase juxtapose les deux fils narratifs : « elle clôt ses yeux [...] et [il] me parle de H ».
4. *Sandro Botticelli* : célèbre peintre, dessinateur et graveur italien (1445-1510) ; par cette référence classique, l'auteur souligne l'extrême beauté de ce regard.
5. *Mohammed VI* : fils de Hassan II, né en 1963, monté sur le trône à la mort de son père, en 1999.
6. C'est la nomination d'Abderrahman Youssoufi (né en 1924) au poste de Premier ministre en 1998 qui marque l'ouverture du pays à la démocratie ; ce social-démocrate, à la mort d'Abderrahim Bouabid, lui succéda à la tête de l'USFP ; il faisait jusqu'alors figure d'opposant au régime de Hassan II.

Abderrahman se serait fait embobiner[1], s'il n'avait senti la sincérité de Hassan II ? Ça, c'est de l'Histoire, mon petit bonhomme, tu ne peux pas comprendre cela. Tu crois qu'un homme comme Abderrahman se serait fait embobiner ? »

C'est une question rhétorique[2] et je me contente de hocher la tête pendant que mon cœur saigne. Je ne sais que faire. Faut-il que je me lève, que j'aille demander à la femme qui pleure si l'on peut quelque chose pour elle ? Mais peut-être ne désire-t-elle, en ce moment, que cette solitude – seule au monde, au cœur de Montmartre... Elle s'affaisse davantage, le barman a apporté un café qu'il dépose devant elle et la brute ne s'est aperçue de rien – « vouala pour la p'tite dame ! » – et l'on me parle d'un roi défunt.

« Tu verras, tu verras... Hassan II restera dans l'histoire du Maroc comme l'un des grands rois. »

Le café refroidit et l'ange tout entière – ne me contestez pas cet accord – se ramasse en un point (elle est prostrée[3] maintenant et je suis seul à voir ce scandale) et c'est toute la singularité du monde en ce point exprimée : l'infini du chagrin individuel, l'intimation[4] de la mort toujours prochaine, la vanité des vanités[5] – cette femme me dit quelque chose – je ne sais pas quoi – peut-être me parle-t-elle d'elle-même, peut-être me parle-t-elle de la moitié du monde, si souvent méprisée, oppressée – et Hamid me parle de Hassan.

---

1. ***Embobiner*** : tromper.
2. ***Question rhétorique*** : question qui n'attend pas de réponse.
3. ***Prostrée*** : accablée, abattue.
4. ***Intimation*** : commandement, ordre.
5. ***Vanité des vanités*** : expression biblique qui souligne la fragilité de la vie.

Khadija aux cheveux noirs

Elle venait du Sud, d'Agadir ou d'Essaouira[1], je ne sais plus. Elle portait un drôle de manteau, bien coupé mais un peu terne, d'une couleur indéfinissable, dans les tons gris. Ses cheveux noirs et lisses tombaient sur ses épaules. Elle avait le teint pâle, ce qui n'est pas rare chez les habitants du Souss[2]. Ses yeux étaient noirs. Tranquilles. Et tristes.

Elle était belle, mais je ne m'en apercevais pas. Penché sur mes Lagarde et Michard[3], je touchais du doigt les gravures et c'était Yseut la blonde[4] qui incarnait la beauté des femmes. Le mercredi après-midi, j'allais au cinéma L'Arc et Catherine Deneuve me pétrifiait de sa blondeur inaccessible. Ni chez Homère ni chez Dante ni chez Zola[5], nulle part on ne trouvait

---

1. *Agadir*, *Essaouira* : ports de pêche et importantes stations balnéaires du Maroc sur l'océan Atlantique.
2. *Souss Massa Drâa* : nom de la région administrative d'Agadir et de Ouarzazate.
3. *Lagarde et Michard* : manuels de littérature française (anthologie et histoire littéraire), best-sellers d'après-guerre écrits par deux professeurs, André Lagarde et Laurent Michard.
4. *Yseut (Iseult) la blonde* : héroïne légendaire du Moyen Âge ; dans le roman *Tristan et Iseult*, elle est déchirée entre sa passion fatale pour Tristan et sa loyauté envers son mari, le roi Marc.
5. *Homère*, *Dante* et *Zola* : trois grands noms de la littérature occidentale. *Homère* : poète de l'Antiquité grecque (IXe siècle av. J.-C.) auquel on attribue l'*Iliade* et l'*Odyssée*, qui narrent les aventures d'Achille et d'Ulysse. *Dante Alighieri* : poète italien (1265-1321), auteur de *La Divine Comédie* où l'aventure intellectuelle et spirituelle du poète est évoquée à travers l'allégorie d'un voyage dans les trois règnes de l'au-delà, l'Enfer, le Purgatoire et le Paradis.

trace de la beauté berbère[1]. Je ne *voyais* pas Khadija, tout simplement.

15   On ne savait pas très bien qui elle était. Les internes, mes congénères, ne s'intéressaient pas trop à elle, parce qu'elle n'était pas «marrante», à la différence des trois sœurs Bennis, par exemple, qui nous enchantaient par leur joie de vivre, leurs cheveux clairs qui voletaient au vent et leur pas dansant. La vie de Khadija semblait
20 être une histoire trouble. «Une ténébreuse affaire», me répétais-je, tout heureux de voir Balzac[2] à Casablanca[3].

Son père était un ivrogne (c'est ce qu'on disait), mais il était riche (on en parlait tout bas), il était même, peut-être, proche du Palais[4] (on cessait tout à fait d'en parler). Jamais elle ne donnait
25 son vrai nom. Au lycée, elle était inscrite sous un autre nom, celui de sa mère ou de son oncle, qui sait.

Quant à son adresse... Je sais simplement qu'elle habitait du côté d'Anfa[5], chez les riches. «Chez les Bennani et les Tazi», comme on disait plaisamment, entre internes fils de rien, boursiers[6]
30 de la République.

En classe, Khadija s'asseyait droite et tendue sans jamais bavarder. Elle répondait avec brièveté aux questions qu'on lui posait. Ses notes la classaient parmi les meilleurs élèves, mais elle n'en faisait aucun cas. La plupart du temps, elle était penchée sur

---

Émile Zola : écrivain naturaliste français (1840-1902), auteur du cycle romanesque des *Rougon-Macquart, Histoire naturelle et sociale d'une famille sous le second Empire.*
1. Berbère : qualifie le peuple autochtone de l'Afrique du Nord ; par exemple, les Kabyles et les Touaregs sont berbères.
2. Une ténébreuse affaire est le titre d'un roman d'Honoré de Balzac (1799-1850), auteur réaliste de *La Comédie humaine.*
3. Casablanca : capitale économique du Maroc, située au nord d'Agadir et d'Essaouira, sur la côte atlantique.
4. Palais : par métonymie, le terme désigne le roi ou le pouvoir politique.
5. Anfa : colline résidentielle située en plein cœur de Casablanca.
6. Boursiers : élèves ayant obtenu une bourse, aide destinée à financer les études des plus modestes.

un livre, ses cheveux noirs cachant son visage. Elle avait à l'évidence ses instants déprimants, ses instincts destructeurs. Il suffisait de la regarder. Mais nous ne la regardions pas, nous regardions Catherine Kirshoff ou Maya Bennis qui riaient de toutes leurs dents, en enroulant une mèche de cheveux blonds autour d'un doigt effilé.

Parfois, dans la cour, j'étais frappé par l'idée que Khadija voulait mourir, c'était sûr, à tant fumer, à se remplir avec rage les bronches de toutes les saletés du monde.

« Tu l'as déjà vue sourire, cette nana ?
– Khadija ? Non. Et toi ?
– Non. »

Puis les jours passèrent, les mois, les années.

De Khadija, j'avais oublié jusqu'au nom. Puis, de Paris, j'entendis parler d'elle à nouveau, un jour qu'avec un groupe d'anciens du lycée nous ressuscitions les fantômes du passé. On disait qu'elle était restée au pays, qu'elle avait abandonné ses études (elle pourtant si douée), qu'elle s'était mariée.

Pendant ce temps, nous avions couru tant d'aventures dans la vieille Europe. Et d'autres aventures encore, ailleurs. J'avais vendu du phosphate aux Chinois, Hamid était devenu canadien, Raouf était devenu fou.

Pendant ce temps, Khadija fumait cigarette sur cigarette et regardait la pluie tomber (ou le soleil luire) à travers les vitres, car son mari ne la laissait plus sortir. Son mari allait jouer aux cartes avec les hommes, après l'avoir enfermée ; ou peut-être avait-il une autre femme ; ou peut-être allait-il s'enivrer dans les bars de la Corniche[1]. Son mari n'était son mari qu'officiellement, dans les parchemins, dans les chroniques sans cœur.

---

1. *Corniche* : route surplombant la mer ; désigne ici le boulevard de la Corniche, promenade attitrée des Casablancais.

Les lumières sur la colline s'éteignaient une à une. Elle lisait, pour se désennuyer. Je suppose que le plus souvent elle restait les yeux mi-clos, à se demander où, quand, comment les choses avaient dérapé.

Elle pensait à moi, peut-être, ou à un autre. À une autre vie.

Pourquoi n'ai-je pas fait le geste ? Ce jour-là, dans la cour du lycée, elle s'était avancée vers moi pour m'embrasser et moi j'avais reculé. Pourtant, depuis quelques jours, quelques semaines déjà, nous étions devenus très proches. Elle m'avait confié ses secrets, ce père nié et si présent, cet homme du Palais qu'on ne voyait plus. Je lui avais parlé des livres que je lisais. Je la fis presque sourire en lui racontant les amours de Jacques[1]. Parfois je pensais à elle, penché sur mon manuel de mathématiques, à l'étude du soir. Comme j'étais interne, elle m'apporta un jour un grand sac rempli de nourriture, des fruits, des biscuits… Je ne savais pas dire merci, à l'époque. Tout allait de soi, même un îlot de bonté dans la grisaille. Je pris le sac et lui parlai d'autre chose. Cette nuit-là, je fis un cauchemar. Les autres internes, cruelle engeance[2], faisaient cercle autour de moi. Du sac, ils extrayaient divers objets dont ils me bombardaient en riant et en criant : « Khadija, c'est sa chérie, c'est sa petite caille ! » Je hurlais, transi de honte : « Non ! Non ! Je la connais à peine, je ne la connais pas ! » Le lendemain matin, je pris le sac et le jetai par-dessus l'enceinte du lycée, dans la rue de Bourgogne. Quand un peu plus tard elle s'approcha de moi pour me saluer, juste avant le début du cours, j'étais avec Saad l'escroc et les frères Hadri, docteurs ès canulars[3], impitoyables moqueurs,

---

1. Allusion à *Jacques le Fataliste et son maître*, roman de Denis Diderot (1713-1784), dans lequel Jacques promet de raconter à son maître l'histoire de ses amours, sans jamais s'exécuter.
2. *Engeance* : catégorie de personnes méprisables ou détestables.
3. *Docteurs ès canulars* : spécialistes en canulars (« docteur » est le titre universitaire, « ès », la contraction de « en les » — c'est-à-dire en matière de…).

90 cyniques[1], adolescents vieux comme le monde... Je me reculai, elle resta comme suspendue, légèrement penchée, son projet de bise mort-né. Je la toisai[2] méchamment, sous l'œil rigolard de Saad et des Hadri, et lui tournai le dos. Elle pleura silencieusement pendant tout le cours d'histoire.

95 Geste pour geste... En voici un, quinze, vingt ans plus tard : prendre quelque chose sur une étagère, une poudre grise, de la mort-aux-rats ? La maison est silencieuse. Comme elle le sera demain, et pour tous les jours à venir.

« Tu te souviens de Khadija ?

100 – Qui ? Ah oui, celle qui était toujours triste. On était assez proches, à un certain moment...

– Tu n'es pas au courant ? Elle s'est... »

Sa dernière pensée fut peut-être pour ce geste, dans la cour du lycée.

105 Pour moi, mon regret le plus vif fut d'avoir laissé à la cruauté des autres libre cours dans mon cœur. Parfois il m'est aussi arrivé de maudire Yseut la blonde d'avoir caché de ses cheveux d'or l'autre moitié du monde et toute sa diversité.

---

1. *Cyniques* : qui cherchent à choquer les principes moraux et l'opinion commune, souvent par provocation.
2. *Toisai* : regardai avec dédain et mépris.

Stridences et Ululations[1]

C'est l'Empire du Sifflet.
Du cri, de l'apostrophe.
Dès cinq heures du matin…
ffffffffffffffffffssssssssssssssiiiiiiiiiiiiiiiii
Du haut du minaret[2], le *mou'eddine* électrique grince. La bande magnétique mille fois déroulée refait son office. L'appel à la prière amplifié par la technique perce les tympans les plus épais. Le dormeur arraché au sommeil se tourne et se retourne en gémissant dans ses draps. La vrille s'enfonce. L'agnostique[3] pleure. Pendant ce temps, l'homme pieux[4], sourd au monde, déroule son tapis et s'abîme dans l'adoration.

La ville s'éveille bientôt. C'est un volcan. Un grondement bourdonne, sur un fond de basse[5], comme si du fond d'une basse-fosse débordait le grondement d'un géant dérangé. Titans, forge immense, monstres haletants, ce sont des images de cauchemar qui m'accueillent au seuil d'un jour nouveau. Le beau pressentiment! Casa, c'est mon Etna, c'est mon Vésuve[6] des éruptions. Le

---

1. Stridences : bruits aigus et perçants. **Ululations** (*hululations* ou *hululements*) : cris des oiseaux de nuit.
2. Minaret : tour d'une mosquée du haut de laquelle le muezzin, ou *mo'adhdhin* en arabe, invite les fidèles à la prière.
3. Agnostique : celui qui déclare l'absolu inaccessible à l'esprit humain, synonyme ici de non-croyant, par opposition à «pieux».
4. Pieux : qui croit et pratique une religion.
5. Basse : voix de basse, voix d'homme la plus grave.
6. Casa, c'est mon Etna, c'est mon Vésuve : la ville de Casablanca – Casa – est comparée aux volcans italiens que sont l'Etna et le Vésuve.

bruit s'empare de moi, c'est peut-être lui qui fait le café, le chat le boit, mes oreilles saignent.

La vie hachée perd le fil.

Me voici au parking. Comment y suis-je parvenu ? J'y suis peut-être né à l'instant, comme une souris de la poussière ? Ces mystères me dépassent. Je prends ma voiture et me rends au travail comme on se rend à l'abattoir.

Au carrefour s'agite un agent de police, ou un pantin électrique. Les veines saillantes, la casquette exorbitée, il sue ses péchés sous un soleil d'enfer, soufflant son ultime soupir dans son sifflet réglementaire. Ah, le beau chef d'orchestre ! Il nous mène à la baguette. Les cuivres, les vents, tous ensemble, c'est la cacophonie[1] fantastique. Les voitures s'emballent, les Klaxon retentissent, les conducteurs s'époumonent[2]. L'injure vole bas, la haine scintille au soleil.

Engagé dans le rond-point, je ne peux en émerger. Je tourne et je tourne et je tourne. Le sifflet du policier me fouette, les Klaxon me ravagent, parfois c'est un camion qui fond sur moi en hurlant. Je tourne de plus en plus vite pour échapper à la meute vociférante, mais c'est peine perdue. La poursuite s'organise. Je suis cerné. C'est un complot mécanique. La tôle m'en veut. Mille moteurs se ruent à ma poursuite, dans une pétarade des cent mille diables. Ah ! Ça ira !

Vaincu par le tintamarre, je me donne congé. La fuite ! Fuiiiiiiiiiiiiiiiite ! Qu'ils produisent seuls, aujourd'hui ! Je n'y suis plus. Liquéfié par le boucan. Les tympans ulcérés, je sors du carrefour dès que je le peux et je file vers la plage où j'imagine que des silences infinis m'attendent, entre deux clapotements. Erreur funeste. Sur le sable gris, des maîtres nageurs courent dans tous les sens, sans raison autre que celle de faire ressortir le muscle et retentir le sifflet. On vend du Coca-Cola et des glaces et des sucres

---

1. *Cacophonie* : vacarme.
2. *S'époumonent* : parlent, crient fort au point de s'essouffler.

bénins[1] et on les vocifère comme des annonces d'apocalypse. Des malheureux se noient en hurlant. Sur la grève, le badaud trépigne. Un million de nouveau-nés vagissent, les enfants crient, les mères hurlent et les pères vont se pendre.

Je quitte la plage en courant. Dans les dunes, des ânes braient. Dans les fourrés, des chacals jappent[2]. Des voleurs de sable déploient une noria[3] d'énormes camions qui reculent en glapissant des piipiipiipiip. Une noce déboule, les tambours martèlent la joie, pa-bam pa-bam, des hautbois aigres sifflent dans mes oreilles zzzzzziiii zzzzzzzziiii. Des iguanes[4] congelés s'abattent un peu partout, par centaines, dans un bruit d'averse.

Je rentre chez moi m'enfoncer sous dix coussins et le chat par-dessus.

Vers six heures, le pieux mon voisin[5] commence à battre sa femme. Ces deux-là sont passés de la noce à la noise[6], l'espace de quelques heures, autrefois, et ils campent dans la chicane depuis ce jour. Les gifles retentissent, et les invectives[7], et les réverbérations[8]. Tiens, mauvaise ! Prends ça, vilaine ! Aaaaahhhhh ! Ça vocifère et ça piaille et ça me réveille. Merci.

Redressé sur le lit, hébété, je regarde le chat qui me regarde.

Je me rends soudain compte que ce félin n'a jamais miaulé. Et qu'il trottine sur ses pattounes comme un rêve de feutre sur un nuage de coton. Jamais un décibel plus haut que l'autre. S'il fallait encore une preuve de la supériorité du bestiau sur *homo sapiens sapiens*...

---

1. *Bénins* : doux.
2. Le braiement est le cri de l'âne ; le jappement (sorte d'aboiement aigu) est le cri du chacal.
3. *Noria* : suite ininterrompue.
4. *Iguanes* : sortes de lézards de grande taille.
5. *Le pieux mon voisin* : mon voisin picux (voir note 4, p. 63).
6. *Noise* : querelle, dispute, discorde ; synonyme de « chicane », qui apparaît plus loin.
7. *Invectives* : paroles violentes, injures.
8. *Réverbérations* : échos, injures du même ordre.

Le pieux vient d'occire[1] sa pieuse en braillant à tue-tronche.

Une consolation, toutefois. Ce soir, je me reposerai du bruit. Je dîne chez les riches, dans les grandes villas d'Anfa où le bruit de la ville arrive étouffé, babil[2] de pauvres assez lointains. J'y vais en dégustant par avance les grands plats de silence et les mers de tranquillité. Le répit dure de l'entrée à la porte du salon. Le gazon est frais et ne dit rien, c'est peut-être un Anglais. L'oléacée[3] se contente d'odiférer. Le nain de jardin joue les grandes muettes.

Mais patatras ! L'homme qui m'a mandé sort un petit sifflet de nacre de sa poche et émet un fuiiiii court. Accourt la petite bonne ainsi sonnée. C'est la mode, paraît-il. On n'appelle plus, on sonne. C'est moderne.

Les bourgeois comparent. Mon sifflet, plus gros que ton sifflet. Le mien module.

« Oui mais ma bonne, plus rapide.

— Écoute-moi ça.

— sssssssssssssssss !

— fffffffffffffffffff !

— En effet. »

Adieu le bourgeois bruyant. Je m'éclipse, prétextant une migraine, le choléra[4], un chagrin.

Pour revenir chez moi, je traverse le centre-ville. Tout est bloqué, des barrières rejettent les hommes dans des *no man's land*, des voitures de police confinent les voitures banalement civiles. Un Important se déplace, ou c'est l'Émir du Pétrole, ou une bande de pétroleuses[5], qu'importe. À vos sifflets, policiers, gendarmes,

---

1. *Occire* : tuer (vieilli).
2. *Babil* : bavardage, gazouillement.
3. *Oléacée* : plante dont les pétales sont soudés (peut-être ici un olivier ou un jasmin).
4. *Choléra* : très grave maladie épidémique.
5. *Pétroleuses* : femmes au caractère impétueux.

gardes diverses ! Battez la chamade[1], la générale, la retraite ! Le tonnerre ! Cavalcade d'enfer ! Motorcade[2] pétaradante !

Ouiiiiiiiouiiiiiiiiiouiiiiiiiiiii !

Puis c'est des hymnes, et des nous-sommes-les-plus-beaux-et-vous-des-ânes, et on va le clamer encore plus fort. C'est du crescendo catastrophique, l'ennemi meurt des vibrations. La bombe acoustique, le décibel qui tue, la place chavire et s'écroule dans un boucan abasourdissant.

Revenu chez moi, je m'écroule sur mon lit, les tympans endoloris, le cerveau meurtri. Nous mourons ensemble, le chat et moi, dans un même soupir. Cinq heures à dormir avant l'appel du *mou'eddine*.

Ah ! Être sourd ! Antinational ! Traître auditif !

---

1. L'expression « battre la chamade » s'emploie généralement pour le cœur et signifie « battre à grands coups » ; « battre la générale » signifie « faire retentir la batterie ou sonnerie militaire appelant au rassemblement ».
2. ***Motorcade*** : néologisme composé du terme « motor » accolé au suffixe « -cade », construit sur le modèle de cavalcade (course à cheval).

Un peu de terre marocaine

Il y a quelques années, un personnage important fit escale à l'aéroport de Casablanca, en route vers l'Orient. Cet homme était l'ambassadeur de son pays auprès de cours lointaines, et c'était aussi un écrivain de renom. Les autorités locales, alertées par le ministère des Relations extérieures, l'invitèrent à se reposer au salon d'honneur, le temps qu'on exécutât les manœuvres techniques qui rendaient l'escale nécessaire. On dépêcha sur place un jeune homme courtois avec mission de tenir compagnie à l'Excellence et de pourvoir à ses moindres désirs, afin qu'elle gardât le meilleur souvenir de son passage dans l'Empire chérifien[1]. Le jeune homme s'enquit de la santé de l'ambassadeur et lui fournit quelques détails sur l'architecture de l'aéroport et sur son économie. L'ambassadeur fit semblant d'admirer l'édifice et prononça quelques paroles élogieuses. Des boissons furent servies.

Sur ces entrefaites, une hôtesse vint annoncer que la halte allait durer plus longtemps que prévu. Pris de court, le jeune homme commença à s'inquiéter car il ne savait comment employer les quelques heures supplémentaires que la technique défaillante venait de faire choir[2] sur ses épaules. Pris d'une soudaine inspiration, il demanda à son hôte s'il désirait emporter quelque chose du Maroc, en souvenir. L'ambassadeur, qui possédait déjà des poufs et craignait qu'on le surchargeât de tapis, répondit qu'il était honoré de tant de sollicitude[3] et qu'il consi-

---

1. *L'Empire chérifien* : le Maroc.
2. *Choir* : tomber (vieilli).
3. *Sollicitude* : attention soutenue, intérêt.

dérerait comme un grand honneur de pouvoir rapporter chez lui un peu de terre marocaine.

« Pardon ?

– Je voudrais un peu de terre marocaine. »

Le fonctionnaire avait des ordres précis, dont l'esprit était le suivant : cet homme est l'ami de notre pays, il est célèbre dans le monde entier, il doit repartir d'ici parfaitement heureux. Mais tout de même cette étrange demande le plongea dans l'embarras. Que voulait cet homme, exactement ? Du sable, du ciment, de la terre végétale ? En quelles quantités ? Et pour quoi faire, exactement ?

Le jeune homme eut des visions de villa qu'on construit en Argentine ou au Pérou avec de la terre marocaine. Qui sait ? C'est peut-être du dernier chic là-bas. Il imagina des conversations d'après-dîner, à Buenos Aires, cigare au bec et cognac à la main.

« Tu vois ce mur, ami fidèle ? Entièrement réalisé avec de la *terra marroqui* !

– Non ! De l'authentique *terra marroqui* ?

– Je l'ai sélectionnée sur place, grain par grain. »

Le fonctionnaire demanda à son interlocuteur combien de tonnes il souhaitait emporter avec lui. Bien qu'il maniât à la perfection la langue de Claudel[1], le diplomate eut quand même un doute. Il se fit répéter la question et se mit à rire.

« Écoutez, donnez-m'en un petit sachet. C'est juste un souvenir. »

Bon. Le fonctionnaire renonça à comprendre. Nos mondes ne sont pas les leurs. Mais puisqu'il avait des ordres, il se mit au garde-à-vous et sortit du salon d'honneur avec une seule idée en tête : il lui fallait un sachet de terre marocaine avant deux heures.

En sortant de l'aéroport, il vit tout de suite un superbe gisement de terre marocaine : les plates-bandes qui s'étalaient entre le bâtiment et le parking. Il s'en approcha et fut sur le point de

---

1. *La langue de Claudel* : la langue française ; Paul Claudel est un poète et auteur dramatique français, également diplomate (1868-1955).

se pencher lorsqu'il remarqua un jardinier qui l'observait, de l'autre côté. Le fonctionnaire hésita. Que se passerait-il si le jardinier venait lui demander des explications ? Bien sûr, il pourrait exciper de[1] sa qualité d'agent de l'État, mais si l'autre était un mauvais coucheur[2], le genre à ameuter la garde malgré tout ? Et, par ailleurs, à qui appartient la terre dans un aéroport construit sur crédits de la Banque mondiale ? Peut-on en disposer sans demander aux actionnaires leur assentiment ? Mon Dieu, que d'embarras…

Le fonctionnaire décida d'aller excaver[3] ailleurs. Il faisait très chaud. Le jardinier, intrigué, ne le quittait pas des yeux. Bon, il fallait aller beaucoup plus loin. En aurait-il le temps ? Il essaya d'évaluer la distance qu'il lui fallait parcourir pour être hors de portée du regard du fâcheux. Ce faisant, il remarqua sur sa gauche quelques taxis qui attendaient le client. Eurêka ! Il eut l'idée d'en prendre un, de l'arrêter après un kilomètre, de ramasser de la terre sur le bas-côté et de revenir dare-dare. S'approchant de la voiture qui était en tête de file, il indiqua au chauffeur l'itinéraire.

« Je ne comprends pas, dit le chauffeur.

– Mais il n'y a rien à comprendre. On va jusqu'à la hauteur des réservoirs de fuel, là-bas, puis on revient. »

Le fonctionnaire montre du doigt les cuves gigantesques qui brillent au soleil.

« Et qu'est-ce que vous voulez faire derrière les réservoirs de fuel ? demande le chauffeur, qui craint d'avoir affaire à un dépravé[4] ou à un terroriste.

– Mais rien. On va là-bas, on s'arrête un instant, puis on revient.

– Vous voulez faire un tour en auto, c'est ça ?

---

1. *Exciper de* : se servir pour sa défense de…
2. *Mauvais coucheur* : personne de caractère difficile, querelleur.
3. *Excaver* : creuser.
4. *Un dépravé* : personne dénuée de sens moral.

– Si vous voulez, lâche le fonctionnaire, excédé. Allons-y.
– Oui, mais moi, je perds ma place dans la file.
– Et alors ?
– Et alors, si ça vous amuse de faire un tour en auto pour passer le temps, moi, pendant ce temps, je perds ma place et après je dois attendre encore une heure pour avoir un *vrai* client. Un client qui paiera 200 dirhams pour aller à Casablanca, ou peut-être même à Rabat. J'ai des enfants à nourrir, moi.
– Bon, je vous paie la course jusqu'à Casa, c'est bon comme ça ? »
Le taximan flaire la bonne aubaine, le cinglé, le gogo[1].
« Très bien, mais vous me payez aussi la course du retour.
– Quoi ? s'étrangle le fonctionnaire.
– Ben, c'est logique, puisque je vous ramène ici.
– Allez au diable ! »
Le chauffeur comprend qu'il a poussé le bouchon trop loin. Il accepte maintenant la proposition du gogo, qui consiste donc à payer l'aller simple jusqu'à Casablanca pour une course dix fois moins longue. Mais le gogo, ulcéré, s'éloigne à grands pas. Après tout, il peut marcher jusqu'à ces réservoirs qu'on voit briller au loin.

Le voilà en route. Les cuves sont son Graal[2], son horizon. Mais ce mirage semble s'éloigner à mesure qu'on en approche. Après avoir parcouru un kilomètre, il s'aperçoit qu'il est encore loin du but. Mais il est maintenant trop tard pour revenir. Une seule solution : courir. Encombré de son costume, étranglé par sa cravate, le fonctionnaire galope. Ses chaussures commencent à se désintégrer.

---

1. *Gogo* : homme niais, facile à tromper (familier).
2. *Graal* : vase sacré qui aurait recueilli le sang jailli des plaies de Jésus-Christ à la Crucifixion. Aux XIIe et XIIIe siècles, les romans de Robert de Boron et de Chrétien de Troyes racontent la quête du Graal par les chevaliers de la Table ronde.

Arrivé devant les énormes cylindres, il s'apprête à s'agenouiller lorsqu'il entend derrière lui le bruit d'une voiture qui arrive à grande allure. Il se retourne. C'est une Jeep de couleur kaki. Ce n'est pas de bon augure.

La Jeep s'arrête à la hauteur du fonctionnaire. Deux vilains gendarmes en sautent, moustachus, tressaillants, nerveux.

« Qu'est-ce que vous foutez là, vous ?

– Je…

– Vos papiers ! »

Le fonctionnaire exhibe des documents tellement authentiques qu'ils en ont l'air faux. Les gendarmes redoublent de suspicion[1].

« Qu'est-ce que vous faites ici, à côté des réservoirs de fuel ? C'est un domaine militaire. Vous n'avez pas vu les pancartes ? Le grillage ? Il est strictement interdit de se promener ici. »

Le fonctionnaire raconte l'histoire du diplomate et de son envie soudaine de terre marocaine. Les gendarmes n'en croient pas un mot. Ils s'éloignent un peu, se concertent, regardent leur montre, évaluent le gringalet. Ils hésitent à le ramener au poste, parce qu'il est déjà midi et que les formalités administratives n'en finiraient pas. Ils le fouillent et ne trouvent sur lui aucun bâton de dynamite, aucune mèche, pas même une allumette. Ils décident alors de l'évacuer hors de leur rayon d'action. Sans écouter ses protestations, ils l'embarquent dans la Jeep, parcourent quelques kilomètres en direction de Casablanca, s'arrêtent et jettent le fou sur le bas-côté. Ils font demi-tour et repartent à vive allure en direction de l'aéroport.

Le fonctionnaire se relève, époussette ses vêtements et regarde autour de lui. C'est la rase campagne, il fait très chaud et il n'y a pas âme qui vive. On aperçoit au loin la tour de contrôle de l'aéroport.

---

1. *Suspicion* : méfiance.

Mais à quelque chose malheur est bon[1] : notre homme se trouve maintenant au milieu de kilomètres carrés de terre marocaine. Le voilà qui se penche sur le sol après avoir retroussé ses manches. Il essaie de saisir une motte mais ses doigts glissent contre un sol tellement sec qu'on dirait du béton. C'est qu'il n'a pas plu depuis des années. Après plusieurs essais infructueux, il se redresse en jurant. Il n'a récolté qu'un peu de poussière, mêlée de brindilles et de crottes de bique.

Désabusé[2], il se met à marcher machinalement en direction de la ville. Il fait tellement chaud qu'il n'arrive plus à penser. Après avoir parcouru quelques centaines de mètres, ce qui lui reste de neurones actifs lui signale une trouée brune de l'autre côté de la route. C'est un mince filet de terre irriguée. Ah ah ! Ce serait bien le diable s'il n'arrivait pas à se fabriquer une bonne motte de glèbe[3] pour l'ambassadeur. Plein d'espoir, il traverse la route, marche jusqu'à la trouée brune, se penche, plonge ses doigts dans la terre végétale, fouille, malaxe, se confectionne une boule tout à fait convenable. Au moment où il s'apprête à se redresser, il reçoit un gigantesque coup de pied aux fesses qui l'envoie valdinguer dans l'humus[4].

Deux jeunes paysans sont penchés sur lui, chacun muni d'un gourdin.

« Ils veulent *encore* voler notre terre, dit l'un.
– Les salauds, ils ne s'arrêteront donc jamais ?
– Ça ne leur suffisait pas, tout ce qu'ils ont déjà pris ? »

---

1. Allusion à *L'Ingénu* de Voltaire (1694-1778) : c'est la morale énoncée par le janséniste Gordon à la fin du conte.
2. *Désabusé* : déçu, désenchanté.
3. *Glèbe* : motte de terre.
4. *Humus* : matière organique du sol provenant de la décomposition partielle des matières animales et végétales.

Le fonctionnaire subodore[1] une histoire compliquée, une vendetta[2], des précédents auxquels il est tout à fait étranger. Il commence à protester, mais le plus jeune des paysans brandit son bâton. Le prisonnier juge plus prudent de se taire.

Voilà qu'un vieux bonhomme accourt. Les deux hommes lui expliquent qu'ils ont pris un type de la ville en flagrant délit de vol de terre. Ils s'écartent, laissant au nouveau venu le soin de régler l'affaire, d'écorcher vif l'intrus ou de le mordre. Le vénérable évalue le voleur et se gratte l'occiput[3]. L'homme porte cravate et costume, le tout dans un piteux état, certes, mais quand même.

« Qu'est-ce que vous faites là ? » demande-t-il, pour se faire une idée.

N'ayant rien à perdre, le fonctionnaire raconte l'histoire de l'ambassadeur et de sa funeste lubie[4]. Les trois paysans n'y comprennent rien. On lui fait répéter, en lui demandant de parler lentement. C'est du chinois. On lui fait répéter en lui demandant d'utiliser d'autres mots. Rien n'y fait. Un mur d'incompréhension sépare le rat des villes et les trois mulots. Le silence s'installe, lourd de menaces. Petit à petit, tous les paysans des environs sont arrivés et font cercle autour du fonctionnaire. Comme il faut à chaque fois répéter l'histoire, celle-ci s'enfle de plus en plus et les derniers venus cherchent des yeux le camion-benne et les complices du voleur.

Celui-ci est sur le point de recommander son âme à Dieu lorsque arrive une espèce de caïd local qui écarte tout le monde, se fait raconter l'histoire dans ses moindres détails, se fait décrire l'excavatrice[5], les camions et les topographes[6]. Il hoche la tête,

---

1. *Subodore* : devine, soupçonne.
2. *Vendetta* : vengeance entre deux familles ennemies poursuivie jusqu'au crime.
3. *Occiput* : arrière du crâne.
4. *Lubie* : envie capricieuse et parfois saugrenue.
5. *Excavatrice* : machine qui excave, c'est-à-dire qui creuse.
6. *Topographes* : spécialistes qui étudient la configuration, le relief d'un terrain.

regarde autour de lui, ne voit que la route qui poudroie et quelques chèvres qui rôdent. Il chasse les gueux[1] et emmène le fonctionnaire chez lui. Il lui fait servir du thé, lui permet d'aller se rafraîchir, puis lui demande le fin mot de l'affaire.

Le fin mot de l'affaire, c'est ce satané ambassadeur.

Histoire d'icelui[2].

Le caïd écoute attentivement. Il réfléchit. Il cherche. Il médite. Au début, il ne comprend pas, lui non plus, pourquoi un homme très riche – un ambassadeur! – aurait besoin de terreau. Mais il se souvient que lui-même a autrefois rapporté de La Mecque un peu d'eau de Zem-Zem[3], liquide sacré qui contient la *baraka*[4]. En raisonnant par analogie, comme l'a recommandé le Prophète, le caïd comprend que la terre marocaine possède des vertus spéciales pour ce lointain peuple d'Amérique que l'ambassadeur représente ici et là.

«*Allahou akbar*[5]», dit-il, stupéfait et flatté.

Il ressert du thé au fonctionnaire qu'il commence à voir d'un autre œil maintenant qu'il sait qu'il y a du divin et du surnaturel dans ses tribulations[6]. Il lui parle de sa tribu, lui révèle qu'elle fut autrefois très puissante, jusqu'au jour où, pour construire l'aéroport, elle fut proprement chassée de ses terres. Et ça ne s'arrête pas. Au fur et à mesure que l'aéroport s'agrandit, le territoire de la tribu se rétrécit.

Le fonctionnaire comprend *a posteriori* la réaction des paysans. Cette terre est d'abord la leur. Leur dire que c'est de la terre

---

1. *Gueux* : ici, paysans miséreux, pauvres ; proche du terme «manants», que l'on retrouve plus loin.
2. *Icelui* : celui-ci (vieilli ou humoristique).
3. *Zem-zem* : nom d'une source que fit jaillir Dieu et sur l'emplacement de laquelle aurait été bâtie la ville sacrée de La Mecque.
4. *Baraka* : mot arabe signifiant «bénédiction». L'expression familière «avoir la baraka» signifie «avoir de la chance».
5. *Allahou akbar* : «Dieu est le plus grand», en arabe.
6. *Tribulations* : ici, mésaventures, malheurs.

marocaine revient à dire : « Écartez-vous, manants[1], on va faire rouler des avions dessus. »

À propos d'avion, celui de l'ambassadeur va bientôt repartir. Le fonctionnaire prend congé, on l'accompagne jusqu'au bord de la route, un campagnard obligeant[2] le prend dans sa carriole et le dépose quelques kilomètres plus loin, devant un nouveau quartier résidentiel où d'immenses villas se cachent derrière de hauts murs.

Notre homme se met à marcher jusqu'au moment où il avise[3], derrière la grille d'entrée d'une villa, des plates-bandes fraîchement arrosées qui forment un contraste plaisant avec le sol rocailleux et poussiéreux du chemin. Ayant regardé autour de lui et n'ayant vu personne, le fonctionnaire s'accroupit, passe la main à travers la grille, tâtonne un peu, plonge un doigt dans une plate-bande. C'est alors qu'un énorme berger allemand surgit de l'ombre, bondit sur le métèque[4] et lui arrache quelques centimètres carrés de peau marocaine. Le fonctionnaire hurle et détale sans demander son reste.

Pleurant et soufflant sur sa main meurtrie, il murmure entre ses dents serrées :

« De toute façon, ce n'est pas de la terre marocaine, c'est leur terre à eux, à ces salauds de riches. »

Entre le quartier résidentiel et le centre de Casablanca, s'étale un *no man's land*[5] qui fut autrefois une décharge publique. Là se dresse une cabane devant laquelle somnole un vieil homme tout crasseux, assis à même le sol, le crâne protégé du soleil par une

---

1. *Manants* : voir note 1, p. 75.
2. *Obligeant* : aimable, gentil.
3. *Avise* : remarque, observe.
4. *Métèque* : injure raciste désignant un étranger vivant en France ; elle manifeste le point de vue des riches propriétaires, peut-être occidentaux, sur le fonctionnaire voleur de terre.
5. *No man's land* : anglicisme qui désigne un terrain vague.

espèce de chapeau de paille dont la paille n'est plus qu'un souvenir. Devant la cabane poussent quelques légumes. Le fonctionnaire pourrait aller acheter au misérable un peu de terre, ou l'assommer et la lui voler. Mais son cerveau est de nouveau en train de se liquéfier sous le soleil impitoyable, sa main lui fait mal et il n'arrive pas à penser.

«En quoi est-il marocain, celui-là? délire le fonctionnaire. Il vit en autarcie[1]. Il consomme le peu qu'il produit. À part ça, il n'échange rien avec personne. Il ne paie pas d'impôt. Sans doute ne vote-t-il pas. En quoi est-il marocain? En quoi sa terre est-elle marocaine?»

Convaincu par son propre raisonnement, il passe son chemin et arrive de nouveau devant une villa. Échaudé[2], il s'apprête à traverser la route pour éviter les chiens lorsqu'il aperçoit un jardinier qui arrose des parterres de fleurs. Le jardinier, un jeune homme maigre et très brun, lui fait un signe amical et lui lance un *salam aleikoum*[3] du meilleur aloi[4].

Encouragé, le fonctionnaire, moitié pleurant, moitié geignant, s'arrête et entreprend de raconter au noiraud la mirobolante aventure qui ne va pas tarder à le rendre fou. Le jardinier n'y comprend rien mais il n'en a cure, car tout cela n'a aucune importance, la vie est un songe, on mourra tous un jour et Dieu est grand.

«Tu veux de la terre, mon frère? Prends! Prends tout ce que tu veux, dit-il en faisant un geste ample. Tout ceci est à nous.

– À nous, qui?

– À nous, les Marocains. Mes patrons sont des Saoudiens qui viennent ici de temps en temps passer leurs vacances. Ils mènent la belle vie pendant quelques semaines. Mais, le reste du temps,

---

1. *En autarcie* : sans dépendre de personne, sans avoir recours à l'extérieur.
2. *Échaudé* : flétri, desséché par le soleil, mais aussi méfiant (dans le proverbe «chat échaudé craint l'eau froide»).
3. *Salam aleikoum* : expression arabe qui équivaut à notre «bonjour».
4. *Du meilleur aloi* : parfaitement estimable; ici, franc, sincère.

c'est quand même moi qui plante et qui arrose, qui taille et qui élague. Et avant que cette villa ne soit construite, c'était ici le territoire de la tribu des Ouled R.

– Je sais, j'ai rencontré le caïd tout à l'heure.

– Eh bien, moi, je suis un Ouled R.

– Enchanté.

– Prends tout ce que tu veux, mon frère, car ce qui est à moi est à toi. »

Le fonctionnaire hésite. Juridiquement, c'est quoi, cette terre ? Saoudienne, peut-être, vu la nationalité des locataires ? Mais dans quelles conditions s'est faite la vente d'une terre tribale à des particuliers ? Y a-t-il eu coercition[1], corruption ? Si oui, moralement, la terre appartient toujours à… À qui au fait ? Mais les scrupules du fonctionnaire fondent rapidement car il est lui aussi en train de fondre comme une bougie dans un *hammam*[2]. Au diable la loi et la morale. Il se met à genoux et se bourre les poches de terre.

Le jardinier le regarde, les mains dans les poches, content de pouvoir rendre service.

« Comment tu vas rentrer à l'aéroport, mon frère ?

– Je vais essayer d'arrêter une voiture, sur la route.

– Mais tu as vu dans quel état tu es ? Personne ne va te prendre. Attends, je vais t'y emmener. »

Le jardinier ouvre le garage, contourne une Mercedes 500 flambant neuf et ressort en poussant une vieille mobylette. Les deux hommes se juchent sur l'engin et une demi-heure plus tard, les voilà devant l'aéroport.

Sale, poussiéreux, en nage, la main ensanglantée, le fonctionnaire se précipite dans le salon d'honneur. La grande pièce est vide. Une hôtesse lui apprend que l'ambassadeur vient de partir.

« D'ailleurs c'est son avion qui s'apprête à décoller, là-bas. »

---

1. *Coercition* : contrainte, pression.
2. *Hammam* : lieu où l'on prend des bains de vapeur (mot arabo-turc).

Elle montre du doigt un appareil en bout de piste.

Le fonctionnaire se précipite sur la piste, fait de grands signes, hurle, mais l'avion prend de la vitesse. En désespoir de cause, il jette la poignée de terre en direction de l'appareil. Elle lui retombe sur le visage. Il a maintenant de la terre dans les yeux, dans les narines, dans la bouche. Elle l'étouffe.

À la porte du salon d'honneur, crachant et jurant, il retrouve l'hôtesse d'accueil, qui le regarde, stupéfaite, comme s'il venait de tomber d'un avion. Au bord des larmes, il lui demande si l'ambassadeur s'est plaint, avant d'embarquer, s'il a donné un coup de téléphone aux autorités, ou envoyé un fax de protestation.

«Non, non, assure la jeune femme, il est parti très calmement. Il a juste dit…

– Qu'est-ce qu'il a dit, qu'est-ce qu'il a dit?

– Il a dit : "Je ne savais pas qu'il était si difficile de trouver un peu de terre marocaine."»

Jay ou l'invention de Dieu

À l'internat du lycée français, mes amis, mes meilleurs amis, mes seuls amis, s'appelaient Dédé Fetter et Shmuel Afota, le premier long, sec et lorrain, le second petit, gras et casablancais (et moi, j'étais moi, toujours le même). Nous jouions au football
5 ensemble, dans la même équipe, celle « des internes », celle qui connaissait la défaite dans la joie et la déroute[1] dans l'allégresse, celle qui ne gagnait jamais un match et le faisait avec talent. Taper dans un ballon, tendus le souffle court vers le même but, un but que nous n'atteignions que par exception – que nous n'attei-
10 gnions jamais, admettons-le, il n'y a pas de honte à cela puisque l'important, n'est-ce pas, est de participer ; taper dans un ballon, donc, voilà qui nous soudait tous trois dans le plus minable trio d'attaquants que les graviers de la cour eussent jamais subi. Nous courions en vain mais nous savions courir ! Éperdus, dératés[2],
15 nous détalions, la balle au pied, sous les clameurs d'une foule imaginaire qui se déchaînait sous nos crânes ; puis, la balle perdue, très vite, nous courions encore, mais dans l'autre sens, essayant en vain de la récupérer, généreux dans l'effort inutile, poursuivant des chimères[3] habiles du gauche et des fantômes
20 fanas[4] de la feinte : c'étaient les externes, des bien-nourris et des bien-chauffés. Cela faisait des 3-0 et des 5-0 et nous connûmes un jour l'étonnement d'un 13-1, à cause d'une crotte de mouche sur

---

1. *Déroute* : défaite.
2. *Dératés* : qui courent très vite.
3. *Chimères* : êtres monstrueux imaginaires ; ici, adversaires inaccessibles.
4. *Fanas* : abréviation de fanatiques (familier).

la feuille de match. Le plus souvent, la partie n'allait pas à son terme car les externes, craignant de perdre la patte à se frotter à des maladroits, y mettaient un terme et s'en allaient fumer des Marlboro dans le gymnase. Après la partie perdue, nous, les trois attaquants de l'équipe des internes, le trio de pointe, nous allions nous asseoir, en nage, humiliés objectivement mais fiers malgré tout, sur une poutre derrière les W.-C.

Dédé Fetter, Shmuel Afota et Machin, la triplette d'élite... Un jour, comparant nos cartes d'inscription, ou quelque chose du genre, nous remarquâmes ces signes qui nous distinguaient les uns des autres : F, MI et MM. Consternés, nous nous reconnûmes respectivement Français, Marocain Israélite et Marocain Musulman.

« *Ils* nous les gonflent, murmura Fetter.
– Qu'est-ce que ça peut faire, si je suis juif ? dit Afota, inquiet.
– MM ? MM ? MM ? Qu'est-ce que ça veut dire ? »

Nous étions assis sur la poutre, derrière les W.-C., un endroit propice à la méditation métaphysique[1]. Essoufflés par un 4-0, une petite défaite en somme, les pieds ballants, le paletot[2] malmené, nous regardions nos cartes d'inscription, furieux. Qui eut l'idée le premier ? Je ne sais plus. Mais lorsque la cloche sonna, donnant le signal du dîner, notre décision était prise. Nous allions rendre ces cartes obsolètes[3], nous allions *leur* prouver que nous ne nous laissions pas si facilement mettre en fiches. Nous allions nous créer notre propre Dieu, son culte et ses saints et ses sacrés Évangiles[4].

---

1. ***Méditation métaphysique*** : réflexion profonde et abstraite qui a pour but la connaissance de l'être absolu, des causes de l'univers ; ici, l'expression est employée ironiquement.
2. ***Paletot*** : vêtement de dessus, sorte de manteau, de pardessus.
3. ***Obsolètes*** : désuètes, périmées, dépassées.
4. ***Évangiles*** : livres du Nouveau Testament où la vie et l'enseignement de Jésus-Christ sont transcrits.

Il y avait parmi les internes un certain Zakaria Jay, frêle adolescent d'une grande banalité, mais gentil semblait-il, mais bonasse[1], et sans la moindre qualité qui eût fait de lui un meneur d'hommes. Ce n'est pas lui qui aurait conquis les Indes ou culbuté Cunégonde[2] ni même volé son cinq-heures à un nain de jardin. Assis sur notre poutre, nous vîmes un jour Jay passer devant nous, comme un ectoplasme[3], à petits pas pensifs perdu dans sa méditation, la tête légèrement inclinée vers le sol, un sourire vague planant sur ses os décharnés[4]. Il ne déplaçait pas une molécule, il ne dérangeait rien de l'agencement du monde et nulle ombre ne le suivait. Tant d'insignifiance confinait au[5] génie. Voilà notre homme, voilà Dieu, pensâmes-nous, au même moment.

« Vous pensez ce que je pense, les gars ? »

Alléluia ! Nous tombâmes à genoux, les mains jointes. Il nous regarda, effaré[6] ; puis s'évapora. Mais on n'échappe pas si facilement aux soupirs de l'âme écrasée qui cherche dans le firmament sa consolation. Nous nous mîmes à le guetter, à fondre sur lui, à l'adorer dès que l'occasion se présentait. Jay par-ci, Jay par-là. Nous le suivions, soumis, les yeux baissés.

« Maître... Parle et nous t'obéirons.

– Mais je n'ai rien à vous dire, fichez-moi la paix », protestait-il, fluet.

---

1. *Bonasse* : faible, mou, par opposition à « énergique, sévère ».
2. Énumération hétéroclite et humoristique d'épisodes historiques ou fictifs. Après la conquête de l'Inde, l'auteur évoque Candide, héros éponyme d'un conte de Voltaire datant de 1759, chassé du château de son enfance pour avoir séduit Cunégonde, la fille du maître des lieux.
3. *Ectoplasme* : terme de biologie ; au sens figuré, désigne une personne inconsistante, qui ne se manifeste pas.
4. *Décharnés* : qui n'ont plus de chair.
5. *Confinait au* : touchait aux confins, aux limites, c'est-à-dire était proche de, voisin de...
6. *Effaré* : stupéfait, effrayé.

Nous étions comblés. Un vrai *Deus absconditus* (Pascal[1] était au programme), qui n'a rien à nous dire, qui donne une pichenette au Cosmos puis s'en va et s'en lave les mains.

75 «Maîaîaître...»

Sur la poutre, derrière les W.-C., les trois footballeurs engageaient des discussions sans fin, nourries de lectures hâtives, de réminiscence[2] de catéchisme et de relents[3] d'on ne sait où.

«Notez ceci : tout ce qui prétend parler de Dieu est nécessai-
80 rement faux. L'inconcevable ne peut se réduire à des mots. En adorant Jay ou une vache, nous ne sommes pas plus dans l'erreur que ceux qui croient qu'Il porte barbe ou ceux qui parlent de Dieu *jaloux.*»

C'est Fetter, l'ailier gauche, qui parle ainsi de la transcen-
85 dance[4]. Un autre jour :

«Au Moyen Âge, cent rabbins furent consultés...

– Par qui ?

– Mais peu importe par qui. Cent rabbins furent donc consultés à propos de cette question : eût-il mieux valu que le monde ne
90 fût point créé...

– La mort d'leurs os, y z'avaient du temps à perdre.

– T'es sûr qu'il y a de l'imparfait du subjonctif en hébreu ?

– Faites chier. Donc : la création du monde. Après mûre réflexion, les rabbins firent cette réponse, à l'unanimité : il ne fait
95 pas le moindre doute qu'il eût mieux valu que le monde ne fût point créé.

– Et alors ?

– Et alors, on pourrait aussi bien casser la gueule à Jay.»

---

1. ***Blaise Pascal*** : mathématicien, physicien et philosophe français (1623-1662) ; dans ses *Pensées*, il exposa la théorie du «dieu caché» (*deus absconditus*).
2. ***Réminiscence*** : vague souvenir.
3. ***Relents*** : traces, restes.
4. ***Transcendance*** : ici, Dieu.

C'est Afota, l'avant-centre kabbaliste[1], qui a fait cet exposé. Nous hochons la tête, en essayant de comprendre.

Nos cartes d'inscription portaient maintenant la fière mention SJ : serviteurs de Jay. Nous l'avions rajoutée au stylo Bic, à côté des F, MI et MM énergiquement barrés. Restait à nous créer une vraie religion, des cultes et des rites et des commandements, parce que Dieu, ce Dieu évanescent[2] qui haussait les épaules quand nous approchions de lui (Maîaîaître...) et menaçait de nous dénoncer au censeur[3], eh bien, Dieu tout nu, ça ne remplit pas une journée.

« Un monument !
– Explique, Afota. »

Pas de religion sans monument, nous apprit Afota. Il fallait graver dans le granit la grandeur de Jay, il fallait exhiber des érections[4] vigoureuses, des obélisques, des colonnes enfin qui pointeraient vers le Ciel autant de doigts honorant la Providence aux mamelles généreuses.

L'endroit propice fut vite trouvé : le bac à sable, au milieu de la cour, qui servait au saut en longueur pendant le cours de gymnastique. Le soir venu, nous allâmes, les trois SJ, tracer le nom de notre Seigneur en lettres immenses, des lettres qui allaient clamer au monde et au-delà la foi inébranlable qui nous animait, une foi qui nous rendait capables de soulever des grains de sable :

JAY

Dix mètres de long, trente centimètres de large.

---

1. *Kabbaliste* : spécialiste de la kabbale, courant ésotérique du judaïsme donnant une interprétation symbolique du texte de l'Ancien Testament et dont le livre classique est le *Zohar* ou *Livre de la splendeur*.
2. *Évanescent* : qui disparaît peu à peu ; renvoie ici à Jay fuyant.
3. *Censeur* : ancien nom du conseiller principal d'éducation dans les lycées.
4. *Érections* : ici, constructions.

Les pilotes de Royal Air Maroc signalèrent sans doute l'inscription à qui de droit; ou alors, ce furent les externes qui se chargèrent de nous dénoncer – nous ne jouions plus au football, ils se languissaient des raclées qu'ils nous infligeaient *avant*. Quoi qu'il en soit, Jay fut convoqué par le surveillant général, un certain Dupuis que tout le monde appelait Manolo, parce que c'était le nom d'un tortionnaire sadique dans un film albanais qui eut son heure de gloire à Casablanca, dans les années soixante-dix. Manolo fixa Dieu d'un air terrible. Dieu mouilla ses braies[1].

« Qu'est-ce qui vous prend, petit con, à graver votre nom dans le sable du bac à sable ? »

Jay affirma le malentendu, plaida l'ignorance, pleura un petit coup.

« C'est trop facile, grinça Manolo. On crée la m… puis on s'en lave les mains. Vous êtes responsable de ce qu'on fait en votre nom.

– Mais je ne peux tout de même pas surveiller chacun des internes. Y a Fetter, y a Afota, y a Machin…

– M'en fous, veux pas l'savoir, débrouillez-vous. Et d'abord m'effacez vot'nom du sab'. »

Ainsi fut fait. Assis sur notre poutre, nous regardions ce spectacle désolant, cette crucifixion de silice et de cristaux[2] : Dieu muni d'une branche de palmier s'effaça lui-même du bac, méthodiquement, en nous tournant le dos. Des théologiens[3] affirment que cela n'est pas possible, que cette liberté-là échappe même à Dieu, qu'il ne peut pas se retirer du monde. Eh bien, ce truc impossible, je l'ai vu, de mes yeux vu, au milieu de la cour. Cela lui prit dix bonnes minutes. Puis le bac redevint étale[4] et orphe-

---

1. *Braies* : pantalons amples en usage chez les Gaulois.
2. *Silice* et *cristaux* désignent le sable.
3. *Théologiens* : spécialistes des questions religieuses.
4. *Étale* : immobile, plat.

lin du Nom. Atroce spectacle ! L'Univers vide et les espaces (dix mètres sur cinq, au moins) infinis. Jay haussa les épaules et s'en alla, sourd à nos «Maîaîaître...».

155 Il y avait à l'internat un diplodocus[1] qu'on nommait le gros Lahlou, pour le distinguer des autres Lahlou des environs. C'était un animal très lent, au cerveau minuscule et au père très riche. Quelques jours après l'effacement du Saint Nom, pendant la récréation, il s'approcha de nous, les yeux ronds, la bouche
160 ouverte. Il haletait.

«C'est vrai que... c'est vrai que vous avez découvert que Jay, c'est Dieu ?»

Fetter nous fit un signe rapide. Surtout, ne pas rire ! Il prit un air grave. Il se fit cardinal. Il fut tout onction[2].

165 «Pardonne-nous, mon frère... Il est trop tôt... Nous ne pouvons rien te dire, pas encore. Nous ne pouvons parler qu'à ceux qui sont prêts. Il faut être sûr... Et d'abord, il nous faut te poser une question : Es-tu inquiet ?

– Euh... Ouais, répondit le gros Lahlou, à tout hasard.

170 – Vraiment ?

– Ouais, ouais, vraiment. Y a pas plus inquiet que moi, j'te jure, ma parole, la mort d'ma mère, chuis très inquiet.

– Bon, il y a une chance.»

Il se tourna vers nous, lent et grave. Nous hochâmes la tête,
175 encore plus lents, encore plus graves. Afota laissa échapper un soupir. Je m'abîmai dans la contemplation dévote du jean Levi's du gros Lahlou, lequel bavait d'impatience et d'inquiétude. Fetter enfin parla.

«Rejoins-nous demain, dans le gymnase, derrière le bâtiment L.
180 Nous t'initierons. Enfin, nous essaierons... Rien n'est jamais acquis...

---

1. *Diplodocus* : reptile dinosaurien de plus de vingt mètres de long ; métaphore satirique caractérisant le «gros Lahlou».
2. *Il fut tout onction* : il fut plein de douceur et de dévotion.

– Super !
– Oui, super, mon fils, mais calme-toi, ça risque de prendre du temps... Des heures, peut-être. Apporte à manger. Un sandwich au gouda pour moi, du Coca...
– Du chocolat pour moi, réclama Afota.
– Salami, banane, gâteau, murmurai-je.
– À demain, conclut Fetter. »

Jusqu'à la conversion du gros Lahlou, nous avions situé l'Enfer dans le gymnase, un endroit assez triste qui suintait l'ennui et sentait la Marlboro froide des externes. Mais, grâce à la munificence[1] de notre ouaille[2] unique, nous en fîmes un petit Paradis tout à fait convenable, réservé aux prêtres. Nous y fîmes des dînettes pas piquées des scorpions. Je me souviens en particulier d'un reste de pastilla – rescapé d'un mariage entre un Tazi et une Lahlou – qu'il nous apporta dans un sac en plastique et que nous arrosâmes, comme il convient, de plusieurs litres de Fanta Orange et de Youki Banane. En signe de reconnaissance, nous narrâmes à l'épais fidèle l'histoire des cent rabbins, qui le rendit tout mélancolique, car il n'arrivait pas à se représenter un monde sans aucun Lahlou – il n'avait rien compris. Pour le consoler, nous lui promîmes le salut éternel, charge pour lui de continuer à nous nourrir. Ce qu'il fit pendant plusieurs mois avant de perdre la foi : un jour, Jay lui-même lui révéla, derrière un des buissons qui séparent le bâtiment H du bâtiment L, qu'il n'était pas Dieu, qu'il ne comprenait rien à nos manigances et qu'il allait nous dénoncer au censeur.

À la fin de l'année scolaire, Jay nous annonça qu'il allait nous quitter. Son père ayant été nommé ambassadeur au Pérou, Dieu s'apprêtait à franchir l'Atlantique. Grand bien lui fasse et les

---

1. *Munificence* : grande générosité ; synonyme de largesse.
2. *Notre ouaille* : notre fidèle.

Péruviens encore plus, mais nous, les trois footballeurs, nous étions atterrés[1]. Qu'allions-nous faire, sans Dieu ?

Eh bien, nous avons grandi. Les années ont passé. Fetter s'en est allé, vers son rivage natal, du côté du pays Basque. Afota est maintenant français ou québécois ou israélien. Peut-être sont-ils retombés dans l'ornière[2] des fois[3] banales et ont-ils oublié Jay. Pour ma part, je garde un souvenir ému du Dieu le plus inoffensif, le plus urbain[4], le moins sanguinaire qui se fût jamais abattu sur l'espèce humaine.

---

1. *Atterrés* : abattus, stupéfaits.
2. *Dans l'ornière* : dans le chemin tout tracé, habituel.
3. *Fois* : synonyme ici de croyances.
4. *Urbain* : poli et raffiné.

Des yeux pour ne plus voir

« Peuh, dit Nagib, peuh. »
Nous le regardâmes, l'attente suintant de tous nos pores. Peuh quoi ? Peuh qui ?
Il lisait *L'Opinion*[1]. Il désigna, méprisant, un titre baveux qui ressemblait à un calamar[2] :

PRISE D'OTAGES AUX PHILIPPINES

« Que voilà des arriérés, tonna-t-il. On n'est plus dans les années soixante-dix ! Prendre des gens en otages, c'est nul, c'est très nul.
– Ils font ce qu'ils peuvent.
– Oui, mais on peut mieux. Tenez, moi j'ai connu un type qui avait pris la vue d'un autre en otage.
– La longue-vue ?
– Je sais ce que je dis. La vue. »
Frémissement au Café de l'Univers. Ah ! De l'incongru[3].
« Raconte. »
Nagib se cala dans sa chaise.
« Du temps que je vivais à Tanger[4], il y avait là, dans les rues, une espèce de clochard qu'on appelait Htipana, et n'allez pas croire qu'il venait du Pérou ou de Hongrie, car Htipana ce n'est

---

1. *L'Opinion* : quotidien national d'information marocain.
2. *Calamar* (ou *calmar*) : mollusque à la tête entourée de bras munis de ventouses ; la comparaison est motivée par « l'encre » noire que celui-ci contient.
3. *Incongru* : contraire à ce qui est habituel ou convenable.
4. *Tanger* : port du Maroc, sur le détroit de Gibraltar.

jamais qu'une déformation des mots français *petit pain*. Le tout en rapport avec sa petite taille, évidemment. Le Htipana en question était minuscule. Et comme il était humble, il en devenait imperceptible. Par ailleurs, c'était vraiment un pauvre hère[1]. On aurait pu dire qu'…

— … il ne possédait que la chemise qu'il avait sur le dos.

— Correction : il n'avait même pas de chemise sur le dos. Il traînait dans les cafés, on lui faisait l'aumône d'un bout de sandwich dévoré des fourmis. Il buvait les fonds de verre. Un jour, il entre dans un bar miteux[2] qu'il ne connaît pas. Il fait sombre. Personne ne s'intéresse à lui, car les habitués sont agglutinés autour d'une table où de sombres stratèges se livrent à des parties acharnées.

— Des parties de quoi ?

— Des parties de dames[3]. Tu es sourd ?

— Comment, sourd ? Tu ne l'as pas dit.

— Mais si je l'ai dit. Des parties de *dames*.

— Non, il a raison, tu ne l'as pas dit.

— Bon, si c'est comme ça, je me tais.

— Non, non, raconte, t'as raison, tu l'avais dit. »

Nagib se recale dans sa chaise.

« Bref, Htipana regarde, fasciné, les joueurs. Au bout d'une heure, emporté par l'action, il finit par s'asseoir devant un damier, ses doigts volent, il prend, il va à dame[4], il gagne, il perd, c'est un désastre, c'est un triomphe, la manche, la belle, beau joueur, mauvais perdant, il n'y a plus que ça, soixante-quatre cases, l'univers s'est considérablement rétréci. P'tit Pain, c'est Napoléon, ce café, c'est le plus beau jour de sa vie. Jusqu'au

---

1. *Hère* : homme misérable.

2. *Miteux* : pauvre, minable.

3. *Jeu de dames* : jeu qui se joue à deux avec quarante pions sur un damier de cent cases (de soixante-quatre cases dans les pays anglo-saxons).

4. *Il va à dame* : il pose son pion sur la dernière rangée du damier opposée à son camp.

moment où, repu[1] de victoires et de conquêtes, il entreprend de sortir de l'établissement. Le patron du café lui barre le chemin. "Holà ! Où t'en vas-tu, seigneur gueux ?

– J'ai à faire sur le port.

– Et tu t'en vas sans payer ?

– Payer quoi ? Je n'ai rien consommé.

– Tu as consommé du temps dans mon café. Ce n'est pas une place publique, ici. Dis donc, avec des pèlerins comme toi, j'aurais vite fait de mettre la clé sous la porte." »

Exclamations diverses au Café de l'Univers, où nous passons des heures sans rien payer à quiconque. Nagib, imperturbable :

« Il lui servit ce proverbe bien de chez nous : "On ne sort pas du *hammam* comme on y était entré." Évidemment ce proverbe est comme une culotte trop large, on y met ce qu'on veut et jamais deux hommes n'en ont fourni la même explication. Mais, en l'occurrence, ce que le gargotier[2] voulait dire...

– Mais on comprend très bien ce qu'il voulait dire. Tu entres librement dans une partie de dames mais tu n'en sors qu'après avoir payé.

– On entre sale au *hammam* et on en sort propre.

– Quel rapport avec les dames ?

– C'est une image.

– Je ne vois pas. Tu entres sale dans une partie de dames et tu en sors encore plus sale, en principe.

– Pourquoi ?

– Eh bien, par exemple, parce que ça fait suer, les dames.

– Pas forcément.

– Bon, d'accord, mais tu ne vas pas me dire qu'on sort plus propre d'une partie de dames que l'on n'y était entré ?

– Ça n'arrive pas souvent, en effet.

---

1. *Repu* : assouvi, rassasié, pleinement satisfait.
2. *Gargotier* : patron du café.

– Donc cette histoire de *hammam*, c'est une métaphore qui ne tient pas la route.

– "Qui ne tient pas la route", ça aussi c'est une métaphore.

– Je ne sais plus qui disait que tout langage est métaphore... » Nagib commence à s'énerver.

« Vous voulez savoir la suite ou vous allez continuer à m'emmerder avec vos histoires de *hammam* et de métaphores ?

– Raconte.

– Bref, le tenancier, un certain Bouqal, barre la route à Htipana. Ce dernier affirme qu'il ne savait pas qu'on consommait du temps dans ces lieux, il s'excuse humblement et veut s'en aller, mais l'autre ne l'entend pas de cette oreille. Il prend le gueux à la gorge, des clients s'interposent, on se calme, mais Bouqal est intraitable. Les clients, qui veulent rester en bons termes avec le patron, suggèrent à Htipana de payer et de mettre les voiles. N'a-t-il pas rendez-vous sur le port ? Certes, mais je n'ai pas le sou. Eh bien, laisse ta montre en gage. Vous plaisantez ? Je n'ai même pas une chemise sur le dos et j'aurais une montre ?

– Ah ! Ça ne veut rien dire. J'ai connu un type qui n'avait pas de chemise et qui portait une bague en or.

– Mais Htipana, la seule montre qu'il eût jamais possédée était une montre en chocolat et il l'avait dévorée depuis longtemps. On le fouille et on se rend à l'évidence. Ce type n'avait rien sur lui, à part son pantalon gorgé de mazout. On lui conseille d'aller sous escorte chercher des sous chez lui. Il répond honnêtement qu'il n'a chez lui qu'une chaise et un grabat[1]. De quoi se nourrit-il ? Il réfléchit, tout le monde cherche avec lui, mais la question reste sans réponse. La foule demande à Bouqal d'amnistier[2] le pauvre immense. Bouqal s'entête. Si Tanger apprenait qu'on séjourne à l'œil dans son café ? La faillite, nous

---

1. *Grabat* : lit misérable.
2. *Amnistier* : faire bénéficier d'une remise de peine, pardonner.

voilà ! Non, non. Il lui faut un objet en gage, ou plutôt en otage, vu qu'il menace d'anéantir l'objet si Htipana ne revient pas avec l'argent. L'objet ? La foule crie à Bouqal qu'il n'y en a pas. Mais l'œil du gargotier brille. Il vient de s'apercevoir d'un détail insolite. Tout, dans le gueux qui lui fait face, est décrépit[1], passé, tavelé[2], rien n'a de valeur, rien... sauf ses lunettes ! Et quand je dis lunettes... Disons deux culs-de-lampe[3] effroyables reliés par du fil de fer, reposant sur l'oreille à l'aide d'une petite cuillère, d'un côté, et de l'autre, à l'aide d'un élastique. L'objet miroite, insolent, sur le nez de P'tit Pain et proclame *urbi et orbi*[4] que ce dernier est solvable[5]. D'un geste, d'un seul, tel l'oiseau de proie fondant sur sa victime, Bouqal plonge deux doigts en fourche dans le visage du griveleur[6] et s'empare du trophée. La foule horrifiée se recule. Mais l'aubergiste est maître chez lui. Il jette la chose dans un tiroir qu'il ferme à clé.

« "Eh bien cours à ton rendez-vous sur le port. Mais si c'est pour t'y engager comme vigie dans les hauts-mâts, n'y compte pas trop. Tu récupéreras tes yeux quand tu m'auras payé[7]."

– Quel salaud !

– Capitaliste !

– C'est pas un musulman !

– Deux jours plus tard, Htipana réapparaît. Il n'a pas l'argent mais il est en manque.

– Oh ! T'avais pas dit qu'il se droguait ?

– Mais qui te dit qu'il se droguait ?

– Toi, là, à l'instant.

---

1. *Décrépit* : usé, vieux.
2. *Tavelé* : marqué de petites taches.
3. *Culs-de-lampe* : ici, verres très épais.
4. *Urbi et orbi* : expression latine signifiant littéralement «à la ville et à l'univers», c'est-à-dire «partout et à tout le monde».
5. *Solvable* : qui a les moyens de payer.
6. *Griveleur* : voleur, escroc, fraudeur.
7. C'est Bouqal qui parle ici. Les réactions qui suivent sont celles des interlocuteurs de Nagib qui raconte l'histoire de Htipana.

– Mais, bordel, écoutez-moi au lieu de me précéder. En manque de quoi ? De *novela* ! De mexicâneries[1] ! Car P'tit Pain ne vivait que pour cela. Tu te demandes pourquoi le misérable ne s'était jamais flanqué à l'eau ? Réponse : le Mexique ! Il lui fallait sa dose journalière. Carlos, Isabella ! Qui épouse qui ? Qui quitte qui ? Qui tue qui ? Il supplie Bouqal de lui accorder l'usage de ses lunettes, ne serait-ce qu'une demi-heure, le temps que quelque chose se passe : vous savez à quel point ces feuilletons sont lents. Bouqal accorde un quart d'heure, soit un grognement de Carlos et un soupir d'Isabella. Les images sont enregistrées avec ardeur, puis transmises aux neurones, histoire d'en découvrir la signification. Les verres regagnent leur tiroir et P'tit Pain s'en va, se cognant à tous les murs, s'écroulant dans toutes les poubelles.

– Ce n'est pas très hygiénique, tout ça.

– L'hygiène, c'est un sport de riche. Ni le gueux ni son bourreau ne savent ce que c'est. Un *modus vivendi*[2] s'établit bientôt. Le quart d'heure devient un droit acquis. L'aveugle arrive à heure fixe, on lui remet son appareil sans mot dire, il regarde, il crie, il pleure, et remet sa vue à la sortie. »

Nagib se recula sur sa chaise.

« Un jour, Htipana abandonne le Mexique et prend ses jambes à son cou. Le gargotier s'élance sur ses pas, et les voilà à galoper dans les ruelles de la vieille ville.

« "Au voleur ! crie Bouqal.

– À l'assassin", hurle Htipana sans se retourner.

« La police surgit et les arrête tous les deux. À bout de souffle, Htipana ne peut que gémir en se tapant sur les joues, ce qui indispose la police car c'est un geste efféminé qui ne sied pas à un homme, fût-il Htipana.

---

1. Les *novela* sont des feuilletons télévisés mièvres et sans fin, destinés au public du continent sud-américain comme en témoigne le mot-valise satirique « mexicâneries », composé de l'adjectif « mexicain » et du substantif péjoratif « âneries ».
2. *Modus vivendi* : expression latine signifiant littéralement « manière de vivre » et désignant un accord, un arrangement.

«Bouqal sent qu'il tient la corde.

« "Ce sont mes yeux", assure-t-il froidement en désignant les orbites du misérable.

« Les badauds sont estomaqués. Des voleurs, ils en connaissaient de toute sorte, mais un type qui vole les prunelles d'autrui, ça c'est inouï. On murmure, on invoque le Prophète, des femmes s'autogiflent de stupeur. Des malabars[1] s'apprêtent à casser la gueule au voleur.

« Révolté, à bout de souffle, celui-ci s'agite dans tous les sens, lève les bras, laisse tomber le lorgnon. Bouqal s'en saisit et, grand seigneur, annonce qu'il ne porte pas plainte. Les archers[2] s'en vont, car ils ont compris que cette histoire ne mène à rien. Que des pauvres, pas de politique, pas de sang versé.

« Quelques jours plus tard, Htipana fait son apparition au seuil du café, tremblant, la queue basse. Bouqal n'était pas méchant, au fond. Il accepta de laisser l'autre utiliser ses lunettes mais comme il voulait marquer le coup, il emprunta à l'agent Zaouïa, un client régulier, les menottes de celui-ci. P'tit Pain avait de nouveau le droit de se servir de ses yeux pendant un quart d'heure, mais il était menotté à sa chaise et placé dans une telle position qu'il ne pouvait regarder que la télévision. En contrepartie de son bienfait, Zaouïa exigea que le bonhomme fût aussi obligé, dans la foulée, de regarder les informations de la première chaîne. Ce ne fut qu'un seul cri dans le café de Bouqal :

« "Non, ça, c'est trop dur !

– C'est de la cruauté mentale !"

« Zaouïa comprit qu'il était allé trop loin et affirma qu'il plaisantait. P'tit Pain put de nouveau reluquer[3] Isabella, mais la main baladeuse, *oualou*. Le Poucet était fait aux pouces[4]. »

---

1. *Malabars* : hommes très forts (argot).
2. *Archers* : soldats armés, policiers.
3. *Reluquer* : regarder du coin de l'œil, lorgner (familier).
4. Il faut comprendre que P'tit Pain – le Poucet – a déjà les mains prises, contraintes par les menottes…

Belghazi s'énerva.

«Je ne comprends pas l'obstination de ce Bouqal.

– C'est une affaire de principe.»

Nous hochâmes la tête. Ah! Si c'est les principes…

Belghazi reprit :

«Elle s'est finie comment, cette histoire?

– De la façon la plus étrange. Le jour de l'Aïd el-Kébir[1], le gargotier se souvient qu'il est musulman et, le cœur gonflé de cette sorte de bonté qui ne fleurit qu'un jour, il libère P'tit Pain de sa servitude. Mais voilà que ce dernier refuse! Après le Mexique, il remet lui-même les verres dans le tiroir.

«"Garde-les, grommelle Bouqal.

– Je n'en ferai rien.

– Mais puisque je te le demande.

– *Oualou*.

– Elles sont à toi.

– Non : elles sont à toi."

«Et s'en va en tâtonnant, tuant quelques chatons, sous ses talons.»

Le moment des théories était arrivé. Belghazi ouvrit le feu :

«Cas typique de fierté. Mendiant et orgueilleux. Je parie que ce Htipana est soussi[2]. Ces gens-là sont fiers.»

Sur quoi, Nagib, qui est soussi, se lève et brise une chaise sur le crâne de Belghazi, réfutant ainsi sa théorie et même toute sa personne. On les sépare. On se rassoit.

«Écoutez, dit Nagib, c'est pourtant simple. Un quart d'heure par jour, P'tit Pain contemple toute la beauté du monde, et des *haciendas*[3] sous lesquelles coulent les rivières, et des parcs, et des

---

1. *Aïd el-Kébir* : fête religieuse musulmane qui commémore l'histoire du sacrifice d'Abraham. En souvenir de ce sacrifice, les musulmans ont coutume d'égorger un mouton. En dehors de cette coutume, c'est également un jour de réjouissances où l'on se retrouve en famille.
2. *Soussi* : originaire de la région du Sous, près d'Agadir.
3. *Haciendas* : grandes exploitations rurales en Amérique du Sud.

déesses. Ce café, pendant un quart d'heure, c'est un avant-goût de Paradis. P'tit Pain donne chaque jour vingt-trois heures d'une vie de chien contre un quart d'heure de béatitude édénique[1]. Que ferait-il le reste du temps, ses lunettes sur le nez ? Il constaterait, une fois de plus, qu'il est pauvre, qu'il est laid et qu'il pourrit sur pied. Il verrait des ordures qui fermentent, des blafardises[2], des maisons qui croulent, des laiderons[3] scrofuleux[4] à l'ombre des foulards, des rats et des flics… C'est ça, son monde. Qu'est-ce qu'il perd à ne plus le voir ? »

---

1. *Édénique* : paradisiaque (formé sur Éden).
2. *Blafardises* : néologisme, substantif tiré de l'adjectif « blafard » ; évoque ici des choses décolorées, pâles, ternes.
3. *Laiderons* : jeunes filles ou jeunes femmes laides.
4. *Scrofuleux* : atteints d'une maladie qui provoque des abcès.

DOSSIER

- **Avez-vous bien lu ?**
- **Microlectures**
- **Écrire, lire, publier**
- **À vos plumes !**

Avez-vous bien lu ?

La présentation (p. 5-17)

Entourez la ou les bonne(s) réponse(s).

1. Quel est le nom de l'actuel roi du Maroc ?
   A. Hassan II
   B. Mohammed VI
   C. Mohammed V

2. À quelle date le Maroc devient-il indépendant ?
   A. 1912
   B. 1956
   C. 1962

3. Quelle région est le théâtre d'un conflit qui oppose depuis 1975 le Maroc au Front Polisario qui en réclame l'indépendance ?
   A. le Sahara-Occidental
   B. le Haut-Atlas
   C. l'Algérie

4. En 1999 est lancé au Maroc un grand débat sur :
   A. la place et le rôle de la femme dans la société
   B. le régime politique du pays
   C. la politique étrangère du gouvernement

5. Quelle est la définition la plus pertinente de la nouvelle ?
   A. roman réaliste
   B. fiction courte
   C. récit bref et resserré avec peu de personnages

6. Qu'est-ce qui différencie un conte d'une nouvelle ?
   A. dans un conte, le narrateur est représenté en train de dire son histoire à un ou plusieurs auditeurs, alors que, dans une nouvelle il n'apparaît pas comme personnage

B. un conte peut entraîner le lecteur dans un monde merveilleux ou l'inviter à la réflexion philosophique, alors qu'une nouvelle est généralement réaliste

Les nouvelles (p. 27–97)

Répondez précisément aux questions suivantes.

1. « L'Oued et le Consul » :
   1. Qu'arrive-t-il au consul et à sa femme ?
   2. Comment qualifier l'attitude des deux Occidentaux à l'égard des deux garçons et du vieil homme qu'ils croisent ?

2. « Nos pendus ne sont pas les leurs » :
   1. Qui se pend dans la nouvelle ?
   2. Quels travers des sociétés occidentale et nord-africaine cette nouvelle pointe-t-elle ?

3. « Une botte de menthe » :
   1. Pendant combien de temps disparaît le père de Moha ?
   2. Quelle institution ce récit remet-il en cause ?

4. « Le Tyran et le Poète » :
   1. Quels sont les deux mots que le poète parvient à déchiffrer sur le papier griffonné par le tyran ?
   2. Quel est le nom du tyran ? En quoi est-il satirique ?

5. « Tu n'as rien compris à Hassan II » :
   1. Peut-on parler de dialogue entre le narrateur et Hamid ?
   2. Qu'incarne pour le narrateur la femme qu'il aperçoit dans le café de Montmartre ?

6. « Stridences et Ululations » :
   1. Sur quels procédés sonores repose le récit ?
   2. Quelle impression sur la vie à Casablanca laisse cette nouvelle ?

7. « Un peu de terre marocaine » :
   1. À qui faut-il offrir un peu de terre marocaine ?
   2. En quoi peut-on dire que la quête du fonctionnaire est difficile et vaine ?

8. « Khadija aux cheveux noirs » :
   1. Qu'apprend le narrateur sur Khadija à la fin de la nouvelle ?
   2. Quels sentiments éprouve-t-il alors ?

9. « Jay ou l'invention de Dieu » :
   1. Pourquoi Dédé Fetter, Shmuel Afota et le narrateur inventent-ils un dieu ?
   2. Qui est Jay ?

10. « Des yeux pour ne plus voir » :
   1. Quelle(s) punition(s) le patron du Café de l'Univers inflige-t-il à Htipana ?
   2. Analysez le titre de la nouvelle.

Microlectures

Microlecture n° 1 : « L'Oued et le Consul »

Relisez la nouvelle « L'Oued et le Consul » (p. 27-31) et répondez aux questions suivantes pour en faire l'explication.

1. Un portrait satirique :
   1. Montrez que les Finlandais font preuve de bêtise et de prétention.
   2. Relevez les différentes expressions utilisées pour désigner le diplomate, sa femme et leur équipage. En quoi sont-elles moqueuses ?

2. L'opposition de deux mondes :
   1. Soulignez ce qui oppose les Berbères et les deux Finlandais.
   2. Que pensent le consul et sa femme des Berbères ? En quoi peut-on dire que ce sont des préjugés ?

3. La leçon implicite :
   1. Quelle est la seule chose qui arrête les deux Finlandais ?
   2. En quoi peut-on dire que cette nouvelle est une dénonciation d'une certaine forme d'ethnocentrisme[1] ?

Microlecture n° 2 : « Une botte de menthe »

Relisez la nouvelle « Une botte de menthe » (p. 40–42) et répondez aux questions suivantes pour en faire l'explication.

1. Un récit dans le récit :
   1. Où se déroule la nouvelle ?
   2. Analysez l'énonciation : qui parle ? à qui ? de quoi ?
   3. En quoi le récit est-il vivant ?

2. Le décalage des tons sérieux et léger :
   1. Quel est le sujet de la discussion ?
   2. N'y a-t-il pas cependant des passages qui font sourire ? Lesquels ? Pourquoi ?
   3. En quoi la fin de la nouvelle est-elle surprenante ?

3. La critique :
   1. Moha distingue deux types de police : lesquels ?
   2. Quelle pratique policière et orchestrée par le gouvernement – utilisée sous le règne de Hassan II – dénonce ici l'auteur ?
   3. En quoi peut-on dire que cette nouvelle a un caractère autobiographique ?

Microlecture n° 3 : « Khadija aux cheveux noirs »

Relisez la nouvelle « Khadija aux cheveux noirs » dans son intégralité (p. 58–62) et répondez aux questions suivantes pour en faire l'explication.

1. Un récit entre passé et présent :
   1. Qui raconte l'histoire ? Que sait-on du narrateur ?
   2. Quels sont les différents moments du récit ?

---

1. *Ethnocentrisme* : tendance à privilégier le groupe social auquel on appartient et à en faire le seul modèle de référence.

2. Le portrait d'une jeune femme mystérieuse :
   1. Dressez le portrait de Khadija.
   2. En quoi est-elle mystérieuse et fascinante ?

3. Une double critique :
   1. Quel sentiment éprouve le narrateur adulte ? Comment explique-t-il son attitude à l'égard de Khadija ?
   2. Quelle peinture de la condition de la femme au Maroc offre cette nouvelle ?

Écrire, lire, publier

Pour qu'une œuvre littéraire existe, il faut un écrivain guidé par une conception particulière de l'écriture, un lecteur attiré par la magie des mots, et enfin une voix critique qui souligne les intérêts ou les défauts de l'œuvre. Création et réception sont les conditions de la littérature.

Ce sont ces différents aspects que les textes suivants abordent. Dans les deux premiers, Fouad Laroui nous fait partager sa réflexion sur l'écriture et sur la lecture. Dans le troisième, Tahar Ben Jelloun offre une analyse critique d'un roman de Fouad Laroui, analyse que nous soumettons, en dernier lieu, à l'épreuve du texte...

Pourquoi écrire ?

En avril 1999, *Le Magazine littéraire* consacre un supplément à la littérature marocaine. Au Maroc, pays où on lit peu mais où l'on raconte beaucoup, quelques dizaines de romans seulement sont publiés chaque année et seuls quelques noms – Tahar Ben Jelloun, Driss Chraïbi, Rachid O.[1] – passent les frontières. Pourtant la littérature marocaine est vivante : elle témoigne du rapport amoureux à la langue française, qui coexiste au côté de la langue maternelle, et elle s'interroge sur le devenir du Maroc.

---

1. Voir note 1, p. 7.

Dans ce numéro du *Magazine littéraire*, Fouad Laroui évoque son rapport à la langue de Molière et répond à la question « pourquoi écrire ? ».

Le Maroc comme fiction

Je suis né à Oujda[1], au Maroc, en 1958. Parce que mon père le voulait ainsi, j'ai effectué toute ma scolarité au sein de la Mission universitaire française, ce qui explique pourquoi j'écris en français et non en arabe. Il y a par conséquent une distance, on ne peut pas la nier, entre ce qu'est l'arrière-plan de mes romans et moi-même : on peut se demander si le Maroc dont je parle n'est pas une fiction. Eh bien, tant pis, ou tant mieux. [...] cette distance, je la revendique et l'accentue ; j'introduis un peu partout de fausses références à un passé auquel rien ne me relie, comme ce philosophe nommé Hamidullah, dans *Les Dents du topographe*[2], grande figure à la Ibn Khaldoun[3], et qui est pur produit de mon imagination.

On peut déceler chez chaque auteur des influences diverses, mais il y a généralement, à la base, un Russe pour un Russe, ou un Français pour un Français. [...] En ce qui me concerne, c'est Voltaire, pour l'ironie et le sarcasme, et Diderot pour la liberté et le bonheur d'écrire, et c'est tout [...]. Il y a sans doute des influences que je ne vois pas moi-même. [...] Mais cela m'a valu d'être traité par un quidam[4], dans la presse bien-pensante de Rabat, de « Marocain *off-shore*[5] qui n'aime ni son pays ni ses compatriotes ». Ce plumitif[6] à formule, il ne concevait sans doute aucune distance, il fallait être sangsue[7] à fleur de peau de

---

1. *Oujda* : voir note 1, p. 5.
2. *Les Dents du topographe* : premier roman de Fouad Laroui, publié en 1996 ; voir présentation, p. 5.
3. *Ibn Khaldoun* : illustre historien et philosophe arabe du XIVe siècle.
4. *Quidam* : un certain individu (mot latin).
5. *Off shore* : anglicisme qui signifie littéralement « loin du rivage ».
6. *Plumitif* : mauvais auteur, mauvais écrivain.
7. *Sangsue* : au sens figuré, personne qui impose sa présence.

toutes les querelles de son pays, rouler le long des mêmes ornières[1], hisser haut tous les drapeaux. De toutes ces influences, il aurait sans doute fallu, pour lui, que surgît un style propret pour dire les kasbahs[2] au coucher de soleil et la splendeur des gorges du Dadès[3]. L'auteur en succursale de l'office de tourisme, préfacier de beaux-livres... Mais soulever la djellaba cache-misère, non. Marocain *off-shore*, traître, Quisling[4] !

Après avoir obtenu un diplôme d'ingénieur à l'École des ponts et chaussées à Paris, je suis rentré au Maroc et j'ai exercé mon métier pendant quelques années dans la poussière et la torpeur[5] d'une petite ville minière, avant de me rendre compte que je m'étais fourvoyé[6] et que ce qui m'intéressait vraiment, c'était de voir du pays et d'essayer de comprendre le monde. Vaste ambition... Le monde, dans toute sa diversité et sa richesse, en anglais, en allemand, en patagon[7].

Je suis donc devenu chercheur, un peu partout, Paris, Amsterdam, York[8], Bruxelles. J'ai fini par soutenir une thèse de doctorat en économie.

Mais comme bien d'autres, j'ai toujours écrit, ou plutôt griffonné, des poèmes, des nouvelles, etc. Puis en 1996, j'ai sauté le pas. J'ai envoyé mon premier roman par la poste à quatre ou cinq éditeurs parisiens. Julliard l'a très rapidement accepté. Il n'est facile pour personne de se faire publier, ni en France ni ailleurs. J'ai donc eu beaucoup de chance, de ce point de vue. Depuis, je mène une vie d'agent double, triple, voire quadruple, entre Amsterdam où je vis, le Maroc et Paris où m'entraîne une sorte de gravitation intellectuelle. Je m'efforce de « cher-

---

1. *Ornières* : ici, chemins tout tracés, habituels.
2. *Kasbahs* (ou *casbahs*) : anciennes citadelles d'un souverain dans les pays arabes.
3. *Gorges du Dadès* : très belle vallée située près de Ouarzazate.
4. *Vidkun Quisling* : homme d'État norvégien (1887-1945) qui collabora avec les troupes allemandes pendant la Seconde Guerre mondiale ; son nom est maintenant synonyme de collaborateur, de traître.
5. *Torpeur* : engourdissement, léthargie.
6. *Fourvoyé* : trompé.
7. *Patagon* : adjectif relatif à la Patagonie (région d'Argentine).
8. *York* : voir note 6, p. 36.

cher » en économétrie[1], mais aussi d'écrire, de lire et, par l'intermédiaire de *Jeune Afrique*[2], de partager mes enthousiasmes et mes colères avec des milliers de lecteurs inconnus.

J'écris pour dénoncer des situations qui me choquent. Pour dénicher la bêtise sous toutes ses formes. La méchanceté, la cruauté, le fanatisme, la sottise me révulsent. Je suis en train de compléter une trilogie. *Les Dents du topographe* (1996) avait pour thème l'identité. *De quel amour blessé* (1998) parle de tolérance. Le troisième volume, qui vient de paraître sous le titre *Méfiez-vous des parachutistes*, parle de l'individu. Identité, tolérance, respect de l'individu : voilà trois valeurs qui m'intéressent parce qu'elles sont malmenées ou mal comprises dans nos pays du Maghreb et peut-être aussi ailleurs en Afrique et dans les pays arabes.

Chaque génération aborde sa propre problématique, avec ses moyens propres. La question principale qui se pose maintenant est : dans quelle langue ? La génération précédente pouvait s'exprimer aussi bien en français qu'en arabe. L'utilisation du français et le fait d'être publié à Paris lui ont donné une grande liberté d'expression.

© Fouad Laroui, in *Le Magazine littéraire*,
« Écrivains du Maroc », n° 375, avril 1999.

1. Pourquoi Fouad Laroui écrit-il ? Quelle conception se fait-il de l'écrivain ?
2. En quoi peut-on dire que le passage suivant repose sur un registre polémique et ironique : « Mais cela m'a valu d'être traité [...] traître, Quisling » ?
3. « La méchanceté, la cruauté, le fanatisme, la sottise me révulsent. » Dans quelles nouvelles du présent recueil Fouad Laroui dénonce-t-il ces comportements ?

---

1. *Économétrie* : voir note 4, p. 5.
2. *Jeune Afrique/ L'Intelligent* : voir note 2, p. 6.

Pourquoi lire ?

En 2004, dans son recueil intitulé *Tu n'as rien compris à Hassan II*, Fouad Laroui publie la nouvelle « Toutes les expériences du monde », reproduite ci-dessous. Dans ce récit, l'auteur expose de façon originale les plaisirs de la lecture.

Toutes les expériences du monde

Il naquit jumeau d'un roi futur, fut maudit pour cet instant, venu trop tard dans un siècle trop vieux (d'une minute). On l'escamota[1], le cacha, il fut enfoui, ne sut s'enfuir. Un masque de métal déroba ses traits aux yeux du monde[2] et le monde n'en sut rien, sauf celle qu'il engrossa. Elle le sentit passer.

Il ne faisait d'ailleurs que cela. Tant de malheurs lui firent quitter son temps et, attiré par les lumières de la ville, il s'engagea dans la course du rat[3]. Il prit un raccourci familier, la politique. Il fut député, pas de temps pour la famille, remords comme une morsure, il acheta des nounours gigantesques dans les aéroports et les déposait – tout doucement – sur le lit de sa fillette endormie.

Mais sa femme ? Oh ! Mille figures… Il fut mari jaloux, possessif, l'œil sombre, le soupçon prompt et souvent injuste – et il se délecta d'être dans son tort. Puis il fut ce qu'on appelle « compréhensif », ne voyait mie[4], ne s'étonnait de rien, tenait la chandelle[5], éteignait la

---

1. *Escamota* : attrapa, déroba, subtilisa.
2. Allusion à l'homme au masque de fer. En 1703, meurt à la Bastille un homme au visage masqué dont on ne connaît ni le nom ni les motifs de l'emprisonnement. Diverses hypothèses ont été émises sur l'identité du mystérieux personnage. L'une d'elles, lancée par Voltaire, a fait de lui le frère jumeau de Louis XIV. On a aussi imaginé qu'il s'agissait du surintendant Fouquet, du fils illégitime de Mazarin et d'Anne d'Autriche ou encore de celui de Louis XIV et de Mlle de La Vallière…
3. *Course du rat* : expression qui désigne la volonté de réussir vite et à tout prix.
4. *Mie* : particule de négation, équivalant à « pas ».
5. *Tenait la chandelle* : assistait en témoin complaisant aux amours d'autrui.

lumière. C'était un autre siècle. Le bourgeois régnait, il fut bourgeois, il fut ventre, il fut panse[1], ne rêva plus, sinon du Million. Ce Million, il le jeta dans l'agio[2], dans la bataille de la Bourse, le moment venu. Il ruina des spéculateurs[3], s'enrichit encore plus et davantage et entretint une danseuse. Elle le fit tourner en bourrique.

Le dégoût le prit. L'argent, le vil argent !

Est-ce pour cela que des empires se créent ?

Il fut stylite[4], se jucha sur des rocs, habita le haut de colonnes austères, tutoya Dieu et les archanges.

Quarante ans plus tard (ou était-ce quinze ?), il descendit de sa colonne, dégringola plutôt, illuminé par cela : que le Verbe était tout, la colonne pas grand-chose.

Alors, il entreprit de *tout* dire. Il eut en effet cette intuition : les mots manquent, les adjectifs s'imposent, la langue force à énoncer, c'est un carcan. Hors des mots ! Il hurla *a*, et puis *aaaaaa*, recouvrit le monde d'un mélisme[5] sur ce *a*, puis dit *b*, puis *c*, jusqu'au bout. Commencèrent alors les lettres d'autres langages, les *i* plusieurs du grec, l'*y* du suédois, des râperies[6] bien arabes, de fines variations où l'on dit *fu* dix fois et cela fait une phrase. Il envia le chien, qui siffle en silence dans les infrasons, et le tuba[7] ample qui ébranle les murs et les fait se tordre. Que n'avait-il l'infini des fréquences ! Il pleura ce manque – toujours des barrières à l'ambition ! Et nous sommes, dit-on, à l'image de Dieu. Pauvre image.

---

1. L'évocation du ventre et de la panse du bourgeois, images de son embonpoint, souligne sa richesse.
2. *Agio* : sorte d'intérêt, de commission perçue par une banque à l'occasion de certaines opérations.
3. *Spéculateurs* : personnes qui cherchent à gagner de l'argent dans des opérations financières ou commerciales.
4. *Stylite* : solitaire qui vivait au sommet d'une colonne ou d'une tour ; sorte d'ermite.
5. *Mélisme* : sorte de vocalise.
6. *Râperies* : néologisme qui évoque des sons ou sonorités un peu râpeuses, rudes.
7. *Tuba* : instrument à vent à trois pistons.

Il haussa les épaules. Peu importe de dire le monde – il faut le changer ! Il fut révolutionnaire, fit imprimer des brochures et des pamphlets[1], prit sa part dans le grand bouleversement des choses.

Il bondit sur des tables, harangua[2] les foules, haussa le ton jusqu'à l'injure et la promesse d'Édens dorés. Il fomenta[3] et il couva. Il inspira, conspira, puis expira quand la police s'abattit sur lui et les conjurés[4] ses amis. Laissé pour mort, il ressuscita par l'ingestion de philtres administrés par des orphelines aux yeux doux. Ce furent ensuite des fuites et des retraites et des recoins. Et toujours, la tendresse d'une femme, lorsque harassé il arrivait à reculons.

Il entra dans la clandestinité. Barbe postiche, pseudonymes, rendez-vous périlleux.

Arrêté, il subit la question[5], parla, ne parla point, inventa une vérité invraisemblable, fit le croquis de son bourreau, cracha à la face d'icelui. Au fond d'un cul-de-basse-fosse, au fond d'une fosse, dans un trou, une cellule, il rencontra un abbé à bout de course qui lui révéla un plan. Il prit d'abord le temps de griffonner des *Écrits de prison* à l'encre sympathique[6], s'évada, plongea dans le grand bleu tel Houdini[7] dans un sac de jute, tel un papillon dans un scaphandre de toile. Il parvint au rivage, épousa, vengea, récupéra.

D'autres fois, il fut haï des foules. Ce fut parfois une douce délectation. Des femmes lui crachèrent au visage, on lui porta un coup de canif, la haine était palpable.

Et la revanche n'était pas loin.

---

1. *Pamphlets* : courts écrits satiriques qui attaquent avec violence quelqu'un ou quelque chose.
2. *Harangua* : sermonna.
3. *Fomenta* : excita, envenima.
4. *Conjurés* : membres d'une conjuration, c'est-à-dire d'un complot, d'une conspiration.
5. *Il subit la question* : il fut torturé.
6. *Encre sympathique* : encre qui reste incolore et donc invisible si elle n'est pas soumise à l'action d'un réactif ou d'une température élevée.
7. *Harry Houdini* : célèbre magicien passé maître dans l'art de se libérer de menottes et de chaînes, s'échappant de prisons et de coffres (1874-1926).

Il conquit ! Ce furent alors de belles chevauchées dans les steppes de l'Asie centrale. Il franchit la barrière formidable de l'Hindu Kush[1], inventa des guerriers volants. Il massacra, avec réticence, avec retenue, car ces boucheries faisaient saigner son cœur sensible. Mais il se consola dans les bras de Roxane et puis, c'étaient des temps barbares.

Dégoûté des conquêtes et de leur sillage d'horreur, il s'installa à Paris. Il habita des chambres d'hôtel, voyageur immobile, riche d'un simple nœud pap' et d'amitiés indestructibles. Il eut de belles étrangères qu'il séduisait dans toutes les langues, qu'il réduisait à quia[2], qu'il déduisait dans son alcôve. Jamais il ne décela en aucune femme le moindre mystère.

Il eut pourtant des velléités[3] de dire l'éternel féminin. Le trouve-t-on dans des objets ? Fume-cigarette, frou-frou, linges divers... Des mots l'obsédèrent. *Words, words, words...* Puis ce furent des répliques, des phrases qui cinglent, des paradoxes, des injures si fines qu'elles ne faisaient qu'effleurer, en apparence, lors même qu'elles tuaient.

Les femmes, la métaphysique[4], comment les dire...

Écrivain ! Il se ferait écrivain... Il décida de composer l'œuvre majeure, le grand roman moldave[5], les lignes qu'on trace dans les siècles comme en de la cire molle. Il attendit des nuits entières, les yeux ouverts, que surgisse l'inspiration. Elle se fit attendre. Mais enfin, elle vint, de très mauvaise grâce. Elle le dégoûta profondément. Alors, il pensa à la mort. Partir comme on se lève d'un festin, repu et sans regrets. Il peaufinait son mot de la fin : *Mehr Licht*[6], rembourse à

---

1. *Hindu Kush* : ensemble montagneux du nord-est de l'Afghanistan et du nord-ouest du Pakistan.
2. *Qu'il réduisait à quia* : qu'il mettait dans l'impossibilité de répondre (en latin, *quia*, « parce que », introduit une explication insuffisante).
3. *Velléités* : désirs, envies, intentions.
4. *Métaphysique* : réflexion sur l'être et les causes de l'univers.
5. *Moldave* : de Moldavie, pays d'Europe orientale limitrophe de la Roumanie.
6. *Mehr Licht* : « plus de lumière », en allemand. Ce sont les derniers mots prononcés par Goethe (1749-1832).

Tartempion un coq, je meurs sans haine pour le peuple allemand[1], il ne savait que choisir.

Je l'ai bien connu, cet homme extraordinaire. Il enseignait le français dans un collège, à Fqih Ben Salah[2]. Timide, légèrement voûté, il passait mélancolique dans la cour. Il parlait peu, osait à peine sortir.

Sa passion, c'était la lecture.

Fouad Laroui, Tu n'as rien compris à Hassan II,
© Julliard, 2004.

1. Analysez la fin de la nouvelle : quel est le lien entre le récit et les dernières lignes ? À quoi correspond le récit principal ?
2. Quelle image de la lecture offre cette nouvelle ?

La critique...

La critique de *Méfiez-vous des parachutistes* par Tahar Ben Jelloun

En 1999, Fouad Laroui écrit un roman intitulé *Méfiez-vous des parachutistes* qui paraît chez Julliard.

Tahar Ben Jelloun, grand auteur de la littérature marocaine, en fait la critique dans le quotidien *Le Monde* : à la fois il livre au lecteur le jugement qu'il porte sur le roman et il en résume l'argument ou réflexion centrale – comment « être un individu, aujourd'hui, au Maroc, contre vents et marées » ?

---

1. *Je meurs sans haine pour le peuple allemand* : cette phrase reprend un vers du poète Louis Aragon (1897-1982), dans « Strophes pour se souvenir », *Le Roman inachevé* (1956) : « Je meurs sans haine en moi pour le peuple allemand. » Louis Aragon a écrit ce poème en souvenir du résistant Missak Manouchian, fusillé par les Allemands en 1944, qui écrivit à sa femme dans sa dernière lettre : « Au moment de mourir, je proclame que je n'ai aucune haine contre le peuple allemand et contre qui que ce soit, chacun aura ce qu'il méritera comme châtiment et comme récompense. »
2. *Fqih Ben Salah* : ville située au sud-est de Casablanca.

De l'un aux autres
Comment être un individu au Maroc ?
Fouad Laroui y répond avec truculence et ironie

Quarante-quatre ans après l'indépendance du Maroc, la littérature d'expression française, dont certains prévoyaient la fin imminente, se maintient et se porte plutôt bien. On se souvient du remarquable *Les Dents du topographe* paru en 1996. Un roman truculent sur le Maroc des années 1970, un livre écrit dans une langue inventive pétrie de culture occidentale bien assimilée, avec laquelle l'auteur jongle comme un conteur sur une place publique.

On retrouve ces qualités dans ce roman au titre un peu rebutant mais qui donne son sens à l'histoire, car il s'agit bien d'un parachutiste qui lui tombe sur la tête en plein centre-ville, ce qui va entraîner un certain nombre de péripéties rocambolesques, toutes prétexte à dire le Maroc d'aujourd'hui, ce Maroc qui bouge mais traîne derrière lui tellement de vieilles pierres pleines de mauvaises habitudes, de tics sociaux empêchant la société d'avancer et surtout de se libérer d'un certain fatalisme qui intègre tout naturellement la corruption, le népotisme[1] et le laisser-aller généralisé. Laroui est un excellent observateur. Il connaît bien son pays et peut-être parce qu'il vit à l'étranger. Le fait qu'il utilise l'humour et l'ironie donne une certaine légèreté au sujet bien grave qu'il traite. Mine de rien, l'écrivain dit beaucoup de choses sur le pays. Les personnages arrivent dans le récit comme un hasard, un accident. Ils passent et repassent. Certains s'installent, s'incrustent et prennent tout l'espace, tout l'oxygène. C'est le cas de Bouazza, le moustachu à la Staline qui est tombé du ciel sur la tête de Machin, le narrateur, le pauvre ingénieur qui croit à l'individu et qui rentre travailler au pays.

Tout le roman tourne autour d'une obsession : être un individu, aujourd'hui, au Maroc, contre vents et marées, ne pas en démordre. Il se trouve que l'ingénieur Machin a fait ses études en Europe. Il est

---

1. *Népotisme* : favoritisme, abus qu'une personne fait de son crédit, de son influence pour procurer des avantages, des emplois à sa famille, à ses amis.

cultivé, parle en citant Nabokov, Flaubert et Yourcenar mais ne rencontre pas d'échos ni la moindre complicité psychologique ou intellectuelle avec son entourage, des gens qui sont là, comme une fatalité, immuables. Ils aiment les attroupements, les bousculades, les émeutes. Bouazza occupe le terrain, c'est-à-dire l'appartement de Machin. Il fait la cuisine, fait tout pour l'empêcher d'avoir une vie privée. Il est têtu. Rien ne le gêne. Il ne connaît même pas le mot «individu», «vocable noble et altier[1]». Bouazza est une brute parce qu'il est en trop et ne s'en rend pas compte. Machin préfère son ordinateur à l'humanité, le silence à la réplique, la colère rentrée à la violence des conflits. C'est un intellectuel avec des illusions, avec un amour du pays qui le fait supporter tout le reste. Il se marie avec Nour. Il précise : «Et avec sa mère. Venue pour la cérémonie, elle ne ressortit plus de chez moi.» Désespéré, il pense au suicide, mais se souvient de la sourate[2] 6, verset 162 du Coran, où il est rappelé que «la vie et la mort n'appartiennent qu'à Dieu». Alors, il se réfugie dans le sommeil, dans le rêve et apprend qu'il n'a qu'une solution : aimer les autres, à commencer par Bouazza, l'homme qui est à lui seul une occupation militaire, psychique et sociale.

La lutte pour la reconnaissance de l'individu est difficile. Machin n'a que l'imaginaire pour la mener. Quant aux autres, ils n'éprouvent pas le besoin de se poser ce genre de question. Ils vivent à la marocaine, c'est-à-dire les uns sur les autres, ils sont de bonne humeur, s'aiment et se moquent de l'inquiétude qui pointe dans l'esprit d'un ingénieur qui voudrait être un individu, un être libre.

Le regard que pose Fouad Laroui sur le Maroc est juste, plein de sévérité et d'amour.

Tahar Ben Jelloun, in © Le Monde,
vendredi 9 avril 1999.

1. Cet article est-il élogieux ? Quel sens attribue-t-on au terme de « critique » dans l'univers des médias ?

---

1. *Altier* : ici, sacré.
2. *Sourate* : chapitre du Coran.

2. Selon Tahar Ben Jelloun, en quoi le roman *Méfiez-vous des parachutistes* est-il à la fois un tableau du Maroc et une réflexion sur la société marocaine ?
3. Dans quelles nouvelles du recueil que vous avez lu retrouvez-vous cette réflexion sur la liberté individuelle ?

La critique à l'épreuve du texte : extraits de *Méfiez-vous des parachutistes*

Voici un extrait du chapitre II de *Méfiez-vous des parachutistes*. Machin, jeune ingénieur, arrive à Tanger pour travailler aux Bitumes, gigantesque entreprise de matériaux de construction. On lui a trouvé un grand appartement dans un immeuble du centre-ville habité uniquement par ses futurs collègues. Il se présente à ses voisins : il rencontre Hamou Hamal, « un de ces êtres dont on s'écarte instinctivement lorsqu'on les croise », « allégorie[1] lugubre de la calamité », puis frappe à la porte des Triki, qui lui racontent l'histoire de ce personnage et de sa malheureuse femme.

Ce passage illustre la difficulté d'« être un individu aujourd'hui au Maroc » et justifie l'analyse critique de Tahar Ben Jelloun (voir *supra*). Il met particulièrement en évidence la complexité de l'entreprise pour le sexe féminin...

[...] c'était un ancien condisciple de lycée, Tadjeddine Triki, dont j'avais perdu la trace lorsqu'il avait choisi le Canada pour ses études supérieures. Nous nous embrassâmes joyeusement et il me présenta sa femme, Dounya.

« Comment vous appelle-t-on ? L'ingénieuse ?

– Bah, je suis Mme Triki, un point c'est tout. Mon diplôme me fait une belle jambe. »

Elle rosit.

« Enfin, façon de parler… Entrez donc. »

Taj était un homme mince et grand, au regard clair, glabre[2] sans complexe. Dounya souriait en m'observant d'un air amusé. Elle portait

---

1. *Allégorie* : représentation concrète d'une idée abstraite.
2. *Glabre* : dépourvu de poils, imberbe.

les cheveux mi-longs, bien peignés, étincelants de rutilances dues au henné ou à une grand-mère irlandaise. Elle était belle peut-être, mais je n'arrive jamais à en décider de prime abord. Autour d'une tasse de thé, nous évoquâmes les années passées ensemble au lycée. Puis, sous le feu roulant de mes questions, ils finirent par me raconter Hamou Hamal, *l'homme-couple*, son délire et ses exploits.

Histoire de l'homme-couple

« Hamou Hamal était à l'origine un contremaître sur le chantier de Tnine Zmamra. Un jour, une grève fut organisée par les communistes. Notre héros y vit une occasion de se distinguer aux yeux de ses supérieurs, peut-être même de gagner de l'avancement. Il annonça au directeur de la mine qu'il serait, lui Hamal, à son poste le jour venu, fidèle, imperturbable, droit dans ses bottes. On pouvait compter sur lui. Rempart ! Bastion ! Toutes les cinq minutes, il passait la tête dans l'embrasure de la porte et susurrait :

« "Notez bien, monsieur l'ingénieur, que je ne ferai pas grève lundi prochain."

« Tant et si bien que le jour venu il y eut dix mille grévistes mais qu'on ne remarqua qu'une seule absence : celle de Hamou Hamal. Le bougre ne s'était pas résolu à monter dans l'autocar qui devait le déposer au carreau de la mine[1]. Il faut dire que quelques rudes mineurs montaient la garde autour du véhicule, armés d'objets divers et contondants[2].

« Du coup, il fut considéré comme un dangereux gauchiste. Il pouvait faire une croix sur sa carrière. On l'installa dans un cagibi où il devait tenir le compte exact des cartouches, des bourroirs et des étoupilles[3]. S'il n'est pas mort d'ennui, c'est qu'il a oublié.

---

1. *Carreau de la mine* : emplacement où sont déposés les produits extraits de la mine.
2. *Contondants* : qui blessent mais sans couper ni percer.
3. *Cartouches, bourroirs et étoupilles* : fournitures nécessaires dans une mine pour faire exploser les roches.

– Il est marié, cet animal ?
– Et comment. Autant qu'on voudra. Ayant pris conscience, après être devenu gréviste malgré lui, que les Hamal ne forment pas une famille puissante et que, né natif de Tahanaout[1], il ne pouvait compter sur une diaspora[2] influente, il en vint à la conclusion qu'il ne lui restait qu'un seul moyen d'arriver[3] : les femmes. Aussi les considérait-il comme autant d'investissements. Mais à cette Bourse informelle[4] jamais on ne vit si piètre investisseur. Il devint donc homme-des-femmes ou homme-couple. La première victime fut la fille d'un caïd local qui trépassa (le caïd) le jour même des noces. Adieu influence et népotisme[5], adieu aussi le magot, divisé en trente-six ayants droit[6], le fisc, les bonnes œuvres et les *habous*[7]. Hamal se débarrassa bien vite de l'encombrante, pour jeter son dévolu sur une noiraude aigre et maigre mais dont le frère était l'étoile montante du Bitume. Il partagea des mois durant la couche de l'anguleuse[8] en rongeant son frein, ou plutôt en surveillant la hausse des actions du frère. Mais voilà que ce dernier, quel idiot ! quel idiot ! osa tenir tête à Z…, son patron, dans une ténébreuse affaire de vente de macadam aux Patagons[9]. *Exit* monsieur frère, devenu étoile filante, et dans la foulée miss Carabosse, désormais sans attraits. En troisièmes noces, il conduisit devant l'*adoul*[10], une jeune femme douce, pas très regardante sur l'homme car divorcée. C'était, sonnez trompettes, résonnez buccins[11], la fille unique du directeur du service juridique. Ému,

---

1. *Tahanaout* : ville située au sud de Marrakech, dans les premiers contreforts du Haut-Atlas.
2. *Diaspora* : ensemble des membres dispersés d'une communauté.
3. *Arriver* : réussir socialement.
4. *Informelle* : non officielle, officieuse.
5. *Népotisme* : voir note 1, p. 114
6. *Ayants droit* : héritiers.
7. *Habous* : biens légués à l'État.
8. *L'anguleuse* : le mot désigne la jeune épouse, dont les os sont saillants, qui est maigre.
9. *Patagons* : voir note 7, p. 107.
10. *Adoul* : sorte de notaire, au Maroc.
11. *Buccins* : trompettes romaines.

l'ami Hamou en mouilla son mouchoir : il était enfin *arrivé*. Le mois suivant, une affaire de télex[1] antidaté envoya le chef du juridique pointer au chômage et Hamal se retrouva avec une femme douce dont le père n'était plus rien.

« C'est alors qu'il devient fou.

« Il comprit enfin qu'il existait une vaste conspiration, ourdie dans de sombres officines, dont l'objet unique était de faire son malheur...

– Il fait lui-même son malheur, non ?

– Comme tous les paranoïaques. Mais lui voyait une raison très précise à la conspiration : on n'aimait pas les gens de Tahanaout, voilà tout. C'était des coups des Fassis, des Marrakchis[2], des Juifs évidemment, des Casablancais...

– C'est la faute à tout le monde, mais pas la sienne.

– Tout juste.

– Et sa femme ?

– On l'aperçoit de temps à autre, la pauvre. Il y a quelques semaines Hamou Hamal sonna à la porte tôt le matin. Dounya ouvrit la porte. Raide, l'œil noir, soupçonneux, le boursicoteur failli l'informa posément que sa femme venait d'avaler un litre d'eau de Javel ou d'alcool à 90°, il ne savait pas bien, c'était peut-être aussi un des ces liquides qui servent à récurer les canalisations, bref : sa femme était verte et rendait ses tripes dans les toilettes. Comme il ne voulait pas arriver en retard au travail, d'ailleurs cette histoire d'eau de Javel c'était sans doute un coup monté pour qu'il arrive en retard, il priait Dounya d'aller s'occuper de son épouse, entre femmes hein, et le voilà qui saute dans l'ascenseur et disparaît.

– Pauvre femme !

– Elle n'avait qu'à ne pas l'épouser.

– Est-ce qu'on choisit ?

– Ben, elle pouvait rester seule, non ? Individu*e* ?

– Individu au féminin ? Mais ça n'existe pas ici. Il n'y a même pas de mot pour ça. »

---

1. *Télex* : message transmis à distance par téléscripteur.
2. *Fassis, Marrakchis* : habitants respectivement de Fès et de Marrakech.

Je me fis philologue[1] :

« Si ! *Zoufri* au singulier, *zoufria* au féminin.

– *Zoufria*, ça veut dire pute. Tu as appris le marocain où, toi ? »

Dounya soupira et me raconta le sort navrant de Mme Hamal.

Histoire de la femme de Hamou Hamal

« Appelons-la Awatif, d'ailleurs c'était son nom. Awatif était une étudiante en médecine, sérieuse, travailleuse, lorsqu'elle rencontra un clown contradictoire du nom de Zouizou. Il la séduisit par sa moustache et sa Fiat 124 bien entretenue.

– C'est quoi, un clown contradictoire ?

– Attends. Donc, il l'emmène sur la Corniche, lui achète des fleurs, lui parle en égyptien et en libanais. Imagine la pauvre étudiante, elle croit carrément que c'est Omar Sharif[2] ressuscité.

– Il est mort, Omar Sharif ?

– Arrête de m'interrompre. Elle n'était pas riche. La Fiat 124 l'éblouit, sans compter les *banana split* à la terrasse du Tropicana. En fait ce Zouizou était pauvre, mais faisait semblant de ne pas l'être. La Fiat appartenait à son cousin et, en fait de voiture, lui n'avait même pas de quoi graisser sa moustache. Toute la journée, il se promenait dans Casablanca à s'inventer des vies qu'il n'avait jamais vécues. On le croyait avocat, médecin, importateur de Daihatsu, professeur, artiste… Il savait jouer tous les rôles et connaissait la topographie[3] exacte de Paris ou de Milan sans jamais avoir mis les pieds à l'étranger. Bref, ils conviennent de se marier : elle était amoureuse, quant à lui il investissait plutôt dans les revenus du futur cabinet de médecine de sa promise. Il vend la Fiat de son cousin, fait une noce des cent mille diables et les voici mari et femme, pour le pire et pour le pire. C'est alors que Zouizou s'avise, au lendemain des épousailles, que dix mille étudiants mâles de sexe masculin fréquentent la même uni-

---

1. *Philologue* : spécialiste de la langue.
2. *Omar Sharif* : célèbre acteur égyptien né en 1932.
3. *Topographie* : voir note 6, p. 74.

versité que sa femme. Holà ! Il ne sera pas dit que Mme Zouizou sera soumise aux frottements concupiscents de ces étudiants lubriques[1]. D'autant plus que les facultés sont surpeuplées, à Casablanca. Elle risque de tomber enceinte par osmose, tellement ça se presse et ça se serre dans les amphithéâtres et dans les couloirs. Le voilà qui lui ordonne d'arrêter ses études. Dorénavant, elle devra rester à la maison, à s'occuper.

– Ah ! D'où le "clown contradictoire".

– Tout juste. Au bout de quelques mois, il se rend compte de sa bévue[2]. Elle lui sert à quoi, cette doctoresse abattue en plein vol ? En voilà un qui a tué la poule aux œufs d'or encore à l'état de poussin. On dit poussin ou poussine ?

– Poussin, je crois.

– Je crois qu'il y a autre chose, intervient Tajeddine. Zouizou n'avait aucun diplôme. Ça l'embêtait, finalement d'avoir une femme à lunettes et à diplôme. Tu l'imagines, avec une aussi grosse moustache, n'être que "le mari du docteur Awatif" ?

– Bref, s'étant rendu compte de son erreur, Zouizou fit la seule chose qui s'imposait : il répudia[3] sa femme. Elle sombre alors dans une profonde dépression et reste prostrée dans sa chambre. Les années passent et le père d'Awatif devient chef du service juridique, lui qui n'était au départ qu'un petit employé du contentieux.

– Belle histoire.

– Non, il est vaguement parent du directeur financier. Bref, les actions[4] d'Awatif remontent, miraculeusement. Hamou Hamal passe par là, analyse la situation, l'affaire lui semble rentable, il épouse Awatif dans la foulée. Ils font tous deux bonne affaire : il investit, elle sort de cette infamante condition de femme répudiée.

– Mais elle se paie ce dément tous les jours ! Et toutes les nuits ! Plutôt seule que mal accompagnée, non ?

---

1. *Concupiscents, lubriques* : synonymes qui ont trait au désir sexuel.
2. *Bévue* : erreur.
3. *Répudia* : renvoya son épouse, par une rupture de mariage selon une forme légale relevant d'une décision unilatérale.
4. *Actions* : investissements financiers.

– D'où tu sors, toi ? C'est un proverbe de Français, ça ! Ici, c'est plutôt femme de Hamou Hamal que femme répudiée. »

Fouad Laroui, Méfiez-vous des parachutistes,
© Julliard, 1999.

1. Que disent ces deux récits sur la condition de la femme au Maroc ? Commentez la fin de chacune des histoires.
2. À quelle nouvelle du recueil vous fait penser l'histoire d'Awatif ?
3. Tahar Ben Jelloun, dans son article du *Monde* (p. 114-115), affirme que « le fait [que Fouad Laroui] utilise l'humour et l'ironie donne une certaine légèreté au sujet bien grave qu'il traite ». Relevez dans cet extrait de *Méfiez-vous des parachutistes* des éléments qui justifient cette analyse.

À vos plumes !

Écritures d'invention

1. Imaginez quelques pages du journal intime qu'aurait pu tenir Khadija, l'héroïne de « Khadija aux cheveux noirs » (p. 58-62), avant son geste fatal : elle revient sur son passé, évoque quelques souvenirs et explique ses intentions. Pour y parvenir, réintégrez les informations données dans la nouvelle et veillez à utiliser le ton adéquat.

2. Vous êtes journaliste littéraire : vous faites un article critique sur le présent recueil de nouvelles de Fouad Laroui. Vous devez trouver un titre accrocheur, évoquer les différentes nouvelles et formuler un jugement argumenté pour inciter à la lecture du volume. Vous veillerez à être convaincant et persuasif.

Dissertations

1. « Sa passion, c'était la lecture », dit le narrateur de « Toutes les expériences du monde » (p. 113) à propos du héros. Faites l'éloge de la lecture. Vous proposerez un minimum de quatre arguments que vous illustrerez d'exemples pris dans vos lectures.

2. Dans l'article qu'il publie en avril 1999 dans *Le Magazine littéraire* (p. 108), Fouad Laroui avoue qu'il écrit « pour dénoncer des situations qui [le] choquent ». Pensez-vous que cette affirmation puisse s'appliquer au recueil que vous venez de lire ?

Petite bibliographie de Fouad Laroui

Romans, publiés aux éditions Julliard :
    Les Dents du topographe, 1996, prix Découverte Albert-Camus.
    De quel amour blessé, 1998, prix Beur FM et prix Méditerranée des Lycées.
    Méfiez-vous des parachutistes, 1999.
    La Fin tragique de Philomène Tralala, 2003.

Recueils de nouvelles, publiés aux éditions Julliard :
    Le Maboul (sur rendez-vous), 2001.
    Tu n'as rien compris à Hassan II, 2004, grand prix de la nouvelle de la Société des gens de lettres (SGDL).

Livre pour enfants :
    La Meilleure Façon d'attraper les choses, éditions Yomad, Rabat, 2001.

Articles :
    Nombreux articles et chroniques dans l'hebdomadaire *Jeune Afrique/L'Intelligent*.

Création maquette intérieure :
Sarbacane Design.

Composition : In Folio.

Dernières parutions

ASIMOV
  Le Club des Veufs noirs (314)

BALZAC
  Le Bal de Sceaux (132)

BAUM (L. FRANCK)
  La Magicien d'Oz (315)

CARRIÈRE (JEAN-CLAUDE)
  La Controverse de Valladolid (164)

« C'EST À CE PRIX QUE VOUS MANGEZ DU SUCRE... » Les discours sur l'esclavage d'Aristote à Césaire (187)

CEUX DE VERDUN
  Les écrivains et la Grande Guerre (134)

CHEDID (ANDRÉE)
  Le Message (310)

CHRÉTIEN DE TROYES
  Lancelot ou le Chevalier de la charrette (116)
  Perceval ou le Conte du Graal (88)
  Yvain ou le Chevalier au lion (66)

CLAUDEL (PHILIPPE)
  Les Confidents et autres nouvelles (246)

COLETTE
  Le Blé en herbe (257)

CRIME N'EST JAMAIS PARFAIT (LE)
  Nouvelles policières 1 (163)

DE L'ÉDUCATION
  Apprendre et transmettre de Rabelais à Pennac (137)

DUMAS
  Pauline (233)

FERNEY (ALICE)
  Grâce et dénuement (197)

FÊTE (LA)
  Anthologie (259)

FLAUBERT
  La Légende de saint Julien l'Hospitalier (111)

GRUMBERG (JEAN-CLAUDE)
  L'Atelier (196)

HOMÈRE
  L'Odyssée (125)

HUGO
  Quatrevingt-treize (241)
  Le roi s'amuse (307)
  Ruy Blas (243)

JAMES
  Le Tour d'écrou (236)

MME DE LAFAYETTE
  La Princesse de Clèves (308)

LAROUI (FOUAD)
  L'Oued et le Consul et autres nouvelles (239)

MAUPASSANT
  Le Horla (11)
  Le Papa de Simon (4)

MÉRIMÉE
  Carmen (145)
  Mateo Falcone. Tamango (104)

MOLIÈRE
  Le Bourgeois gentilhomme (133)
  George Dandin (60)
  Le Médecin volant. La Jalousie du Barbouillé (242)

MONTESQUIEU
  Lettres persanes (95)

NOUVELLES FANTASTIQUES 2
  Je suis d'ailleurs et autres récits (235)

OVIDE
  Les Métamorphoses (92)

PIRANDELLO
  Donna Mimma et autres nouvelles (240)

RISQUE ET PROGRÈS
  Anthologie (258)

ROUSSEAU
  Les Confessions (238)

STOKER
  Dracula (188)

SURRÉALISME (LE)
  Anthologie (152)

TCHÉKHOV
  La Mouette (237)

WESTLAKE (DONALD)
  Le Couperet (248)

GF Flammarion

07/09/131872-X-2007 – Impr. MAURY Imprimeur, 45330 Malesherbes.
N° d'édition L01EHRNFG2239C004. – Avril 2006. – Printed in France.